JN177605

集英社オレンジ文庫

貸し本喫茶イストワール

書けない作家と臆病な司書

川添枯美

本書は書き下ろしです。

貸し本喫茶
イストワール

Kashihonkissa Histoire Contents

イラスト／越島はぐ

一万人に受け入れてもらうより、一人に好かれる主人公を書くほうが難しい。
一万人に誉めてもらうより、一人の人生を変えることのほうが素晴らしい。
一万人に好かれる方法は簡単で、愛と勇気と優しさと、幸せがあればいい。
一人に好かれる方法はいくつもあって、その中から一つを選ぶのは難しい。
だからたくさん失敗して。
たくさん泣いて、たくさん笑って。
いろんな物語を経験してほしい。
そして、それを共感してくれる人を探すのよ。
本を読むのと書くのは全然違うの。どちらにも必要なもの、不必要なものがある。
でもね、これだけは覚えておいて。

あなたは、この世界にただ一人。
それを忘れないでね。

Kashihonkissa Histoire

貸し本喫茶
イストワール

本あります。
あなたの心に届く、世界でただ一つの物語が、ここにはあります。
疲れたり、傷ついたりした心を休める癒しの場所としてぜひご利用ください。
美味しいコーヒーと、可愛らしい看板娘が、あなたをお待ちしております。

喫茶イストワール　店主

私があの人に恋をしたのは中学一年生の春だった。

一目惚れ、ではなかったと言いたいけれど、本を読む以外なにもしなかったあの人を好きになったのだから、最初はやっぱり一目惚れだったのかもしれない。

恋、と呼んでいいものかわからなかった。毎日あの人の顔を見るために学校へ行ってたから、たぶん、恋だったと思う。

文芸部の部長さんで、毎日違う本を読んでいて、制服のサイズがちょっと体に合っていない、二つ年上の先輩。

誰とも話さず、黙々と本を読むその姿が、自分以外の誰も受け付けないという感じがして、ちょっぴり怖かった。だから、なかなか話しかけられなかったのよ。

でも、恋の魔法って本当に都合よくできていて、あの人のちょっぴり怖いという印象が、ちょっぴりカッコいいに変わり、やがてすごくカッコいいになり、他の人とは違う、特別な人なんだと思うようになっていったのね。まあ、まだ中学一年生だし、そんなものなのかもしれないわね。恋って。

「その本、面白いですか?」

今でも覚えているわ。私が最初にかけた言葉は、「その本、面白いですか?」だった。

なんて言われるかな。

無視されるかな。

それともページから目を離さずに、「面白い」とか「別に」とか、テキトーな言葉を返してくれるのかな。

話しかける前、そんなことばかり考えていたの。私は小さい時から、ポジティブ思考というのがどうも苦手で、なんでも悪いほうに考えてしまうクセがあった。あなたと同じね。

でも、その時は違った。何かが私の背中を押したの。

「この本が、どんな本か興味があるの？」

驚くことに、あの人は私に質問を返してくれたの。今思えばあまりいい反応ではなかったのかもしれないけど……ともかく、私が初めて自分から人に興味を持って接した時の話だから、いろいろとキレイに書いてしまっているのは見逃してちょうだい。

これは、私の大切な大切な物語で。

大切なあなたに贈る、私からのメッセージなのだから。

司書のいる喫茶店

その店は駅から離れた場所にあった。三つの最寄り駅があるが、東京二十三区内だというのに、どの路線を使ってもけっこうな距離を歩かねばならない所、背の低い雑居ビルの群れのなかに身を隠すようにしてひっそりと佇《たたず》む、庭付き一戸建ての喫茶店。

敷地を囲むブッシュアート以外には、特に目を引くような外装もない、比較的足を踏み入れやすい店だった。ただの民家ではないという証拠に、ドアの前にはちゃんと店名の書かれたプレートが、やや大きすぎといった感じで堂々と掲げられている。


『本あります。喫茶イストワール』


四月のとある月曜日。木山晃司《きやまこうじ》が、下宿先である園川《そのかわ》家を初めて訪れた日。

今どき、晃司のような二十一歳の若者が人様の家に住み込みで働くということは珍しいことなのかもしれない。だが、晃司はこの住み込みのバイトに喜んで飛びついた。

晃司は、専業作家だ。大学在学中にプロデビューし、何の資格もスキルも持たないまま作家となり、本が売れず、その後の仕事もなく、現在の貯金額は一万円を切った。

専業作家。そう言えば聞こえはいい。大学を中退し、小説家になった。そこだけ聞けば手に職を付けている感じはする。でも、現実は——ただのニートだ。

本が出ない。そういう作家は世の中にはたくさんいる。だが晃司はそれだけじゃない。晃司は、小説を書けなくなってしまったのである。

書けなくなった作家は作家ではない。ただの無職だ。編集者の最後の言葉が、晃司を苦しめた。作家としても、男としても、これはかなり傷ついた。

実家に引きこもり、金もなく、仕事もなく、精神的に追い詰められていた。そんな時に舞い込んだ、今回の喫茶店バイトの話。

祖父の古い友人で、喫茶店を経営している人物が、部屋と食事付きで雇ってくれるというのだ。時給は安いが、日曜定休の三食昼寝付き（というのは冗談だとわかっているが）。この条件を出されて乗らない手はない。

新しい環境に飛び込むのはいいことだと、晃司自身そう思っていたし、なにより、晃司の将来を誰よりも案じてくれた祖父の考えでもあった。

「でも、『本あります』ってのは聞いてないなぁ」

大きなスーツケースを石畳に置いたまま、晃司はしばらくの間無言でその場に立ち尽くした。「本あります」。この五文字が、本を書けなくなった晃司の背中に重くのしかかったのである。

茶色か紅柿《べにがき》色か。やや赤みがかった木製の扉に力強く貼りつけられた木の板は、手作り感満載。誰かがノリで「本あります」と書いてしまったという可能性も十分にあるが、店の看板に加えるぐらいだから、「本がある」というのは間違いないのだろう。

本あります。喫茶イストワール。

イストワールとは、フランス語で『物語』のことだ。

そんなことはどうでもいい。晃司が気になっているのは「本あります」だ。

本が嫌いなわけじゃない。大好きだ。だが、今は何となく「怖い」のである。本を読むことも、何万字と並んだ文字を見ることも。

いつからだろう。本が怖くなったのは。

いつからだろう。小説を書くことが、「楽しい」と思えなくなったのは。

書けない作家に用はない。君の代わりなんて、いくらでもいるんだよ。

嫌なことを思い出してしまう。

担当編集者の言葉が、晃司の脳内で何度もリフレインする。


『売り物にならない』

一年前、晃司のデビュー作が記録的な赤字を出し、出版社の会議室で、晃司が次の作品の企画を持ち込んだ時に言われた言葉がそれだった。

それまで、晃司の担当編集者として熱心にアドバイスをくれていた彼女が、初めて作品の内容以外のことを晃司に言った。

『誰を見て小説を書いているの？　これは、あなたのための本じゃないのよ？』

一人の書評家に絶賛されても、一万人の読者に面白いと思ってもらわないと意味がない。一人の読者から貰うファンレターよりも、一万枚の売り上げカードのほうが価値がある。

『売り物にならないわよ。こんなの』

まだ鮮明に覚えている。これまで信じてついてきた編集者に浴びせられた言葉の数々。

晃司がデビューする前は、彼女はこんなことを言うような編集者ではなかった。

『これよりも、もっとあなたに合っている作風もあるだろうし、いろいろと角度を変えて、いいものを作っていきましょう』

この言葉を信じたのに。

『恋愛小説のプロットを最低十本、書いてきてください』

恋愛なんてしたこともないのに、百冊以上の恋愛小説を読んで、映画を観て、たくさんたくさん頑張ったのに。

晃司のデビュー作である恋愛小説は、編集部の記録に残る最低の売り上げを叩き出した。

やはり自分には恋愛小説は無理だった。そう思って、二作目の企画書を持っていった。自信があった。投稿時代に積み重ねたもの、自分の武器を最大限活かせるキャラクター、これで勝負だと晃司が息巻いて持ち込んだ三つの企画書を一分ほどで流し読んだ彼女の放った言葉がこれだった。

『売り物にならない』

晃司は、それから全く小説を書けなくなった。

悩んでいても仕方がない。「すぐに男手が欲しい」との要望で今日の午後三時から勤務することになっている。時計を見るともう二時半を回ったところだ。着替えや仕事の説明もあるだろうし、急がなければ店に迷惑をかけてしまう。

祖父と仲がいいだけなのに、ほぼ面識のない孫の晃司をこんな好条件で雇ってくれた園川家には感謝している。迷惑はかけられないし、できることがあるならすぐにでも力になりたい。

これで「本を書いてほしい」なんて言われた日には、大変申し訳ないが今回の話はなかったことにしてもらうしかないが。

って、冗談でもそんなこと考えちゃいけない。

「ごめんください」

晃司はイストワールのドアを開けた。

からんからん、と乾いたドアベルの音が鳴る。

「いらっしゃいませ」

ドアを開けると、目の前に若い女性が、番台のような場所に腰掛けて本を読んでいた。店全体を見通せる木作りの番台は、古い銭湯などでよく見かけるが、そこに座るのが若い女性となるとまたイメージも変わってくる。

女性は本に視線を落としたまま、こちらを見ない。長い髪と、晃司に体の右側だけを見せ壁と向かい合うように座っているせいで、はっきりと顔は見えないが、横顔だけでかなりの美人だとわかる。物静かで、大人しそうな女性だ。

レジ係、かと思いきや、彼女の座る番台の上にはレジがない。その奥に広がる喫茶店のホールを見やるが、カウンター内でカップを拭いている背の高い女性が一人、ぽつんと立っているだけ。ホールを巡回するスタッフの姿はない。なるほど、この様子だと、すぐにでも人手が欲しいというのはわかる気がする。

などと、呑気に眺めている場合でもない。

「あの、すみません、本日からお世話になる、木山と申しますが」

晃司が名乗ると、女性はぴくり、と肩を動かす。

「ああ、俊明《としあき》さんのお孫さんの」

「あ、はい。祖父がお世話になってます」

「いいえ、こちらこそ俊明さんにはよくしていただいてます」

晃司が名を告げると、髪の長い女性は読んでいた本を閉じ、上体だけをこちらに向けて小さくお辞儀をした。晃司もそれに合わせて頭を下げる。

イストワールの店内は、ごく普通の一軒家という外観のイメージとはまるで違った。内装にはこだわりがあるのか、全体的に暗めで、アンティーク調の家具や小物が多く並んでおり、雰囲気だけでも十分に楽しめる。

だが、イストワールの店内に関して特筆すべきは、異国情緒漂う内装よりも——。

大量の本だった。

「本……」

本あります。その誘い文句の意味を知った時、晃司は思わず声を上げてしまった。

L字型の店内は、ドアを開けて正面に喫茶スペースがあり、壁面に沿って作られたカウンターとその向かいのガラス窓に挟まれるようにして、長方形のテーブルが幾つか並んでいる。窓際には四人がけの丸テーブルが見える。

ところが、L字のもう一方。入口から見て左側は……全て本だ。

壁面を本がびっしりと覆った、書架のスペース。

「すごい、まるで図書館だ」

ものすごい数だ。何千冊、いや、もしかしたら一万冊以上あるかもしれない。本を置くために作られたスライド式の書架。壁面だけでなく、床面にも書棚が置かれ、人一人が通るのがやっとといったところ。

本あります。あるなんてもんじゃない。これではまるで、コーヒーの飲める図書館だ。

「晃司さん」

晃司さん。彼女にそう呼ばれて、思わずどきりとした。

「申し遅れました。私が店長の園川文弥子《あやこ》です」

「あなたが、店長さんなんですか？」

「はい。俊明さんから今回の晃司さんのアルバイトの話を聞いて、ぜひお願いしたいと言ったのも私です」

「それは失礼しました。僕はてっきり、祖父の友人である園川啓治《けいじ》さんが採用してくださったのかと思って」

「先代店主の園川啓治は現在、行方不明中です」

「えっ」

晃司はつい素《す》っ頓狂《とんきょう》な声を出してしまう。客席にいた数人がこちらを振り返る。晃司が「すみません」と頭を下げると、彼らは再び読んでいた本に視線をもどす。本当に、図書館みたいだ。

「あの、園川さん」

「文弥子でけっこうですよ」

思わぬ切り返しだ。女性をファーストネームで呼んだことなんて、しばらくない。

「あ、文弥子さん」

「はい」

文弥子は表情を変えず、声だけで応える。

「実は僕、今回の仕事のこと、祖父から何も聞かされてないんですけど」

「ええ、承知していますよ。大丈夫です。それほど難しい仕事ではありませんから」

「いえ、なんというか仕事のことだけじゃなく、園川さんの家の事情とかそのへんも全く知らなくて……その、行方不明のこととか」

「ああ、その辺りはお構いなく。うちのおじいちゃん、よくいなくなっちゃうんですよ」

「よくいなくなるって……」

それは面白い冗談として捉えるべきなのか、ちゃんとした「ご家庭の事情」として捉えるべきなのか。判断に困るところだ。

「こんなお店をやっているぐらいですから、自分の趣味に走りやすい人なのです。きっと、何か面白いことを見つけたのでしょう」

「でも、心配じゃないんですか？　警察には？」

「言ってませんよ。おじいちゃんは元気ですし、ちゃんと書き置きはありましたから」

「書き置き？」

「ええ。『ちょっと行方をくらますから、店は頼んだ』と」

晃司はある言葉を思い出した。それは、「類は友を呼ぶ」である。

園川啓治は、晃司の祖父の友人である。つまり、祖父に負けない変わり者、ということは十分にあり得る話で。

「うちのことはお気になさらず、お仕事に集中してくだされば何よりです。とりあえず、あちらにいる美谷千里《みたにせんり》に二階の部屋を案内させますので、着替えてから再度ホールに出てきていただけますか？」

美谷千里。カウンター内に立っている背の高い女性の名らしい。

「わかりました。業務内容は、ウエイターですか？」

「それが主ですが、ウエイターだけではありません。晃司さんには、当店の本に携わる仕事もしていただきます」

本に携わる仕事――今の晃司に務まるだろうか。

「とはいっても、お客様からのお問い合わせに答えたり、お気に入りの本をおすすめしたり、現在の知識を活かした接客がメインの仕事です」

詳しい説明は着替えてから。と文弥子はカウンターを指し示す。

晃司は文弥子の指すほう、カウンターに立つ女性スタッフ――美谷千里を見やる。千里は相変わらずカップを拭いている。それも無表情で。そのカップ、さっきも拭いていたような気がするのだが、細かいことを突っ込める雰囲気ではない。晃司がこの店に入ってから、全く同じ姿勢でいるし、なんだか怖い。

「千里は優しいので、大丈夫ですよ」

心を読まれたようだ。不安が顔に出ていたらしい。

「すみません、あまり働いた経験がないもので、緊張しちゃって」

「そういえば晃司さんは、作家さんになる前、どのようなお仕事をされていたのですか?」

「大学を辞める前は、書店でアルバイトをしていました。それ以外は全く」

「書店員さん、素敵ですね」

「かなりヒマだったので、本を読んでいただけだったんですけどね」

ちょうど、今のあなたのように——などと言えるわけはないが。

「でも、本のタイトルや作家名ならけっこう頭に入っていると思います。ウエイターというのは未経験なので不安ですが、作者や作品タイトルの問い合わせに関しては、多少はお力になれるかと」

「頼もしいですわ。晃司さんは、今でも本がお好きですか？」

来た。この質問は必ず来ると思っていた。だが別に、回答に困る質問ではない。

晃司は小説を読むのも書くのも、好きなのだから。

「ええ、好きですよ」

「よかった」

「でも……」

「でも？」

文弥子は小首を傾げる。晃司はそんな文弥子から目を逸らし、書架に並ぶ本の山を見上げて言った。

「今はちょっと、怖い……かな」

「怖い？」

「ええ。文弥子さん、祖父から僕の話をどこまで聞いていますか？」

「そうですね、しばらく何も書いていないということは伺ってます」

「確かにそうです。でも文弥子さん、僕は今……『書けない』んですよ」

「書けない？」

「ええ。書いていないのではなく、書けない。何か言葉を文字にしようとすると、手が震えて、線が曲がって、ペンを持てなくなるんです。原稿用紙はいつも真っ白だ」

「まあ、そんなことが」

「自分でも驚いています。まるで何かの病気にでもかかったみたいだ」

「おつらいでしょうね。何かきっかけが？」

「お恥ずかしい話ですが、プロデビューしてからいろいろとありまして……精神的に」

「そうですか」

晃司が小説を書けなくなった理由。それを語ればまた思い出してしまう。

あの編集者の言葉の数々を。

だから言わない。晃司がそう口をつぐんでいる間は、文弥子もそれ以上のことを訊いてくることはなかった。

「私としては、晃司さんが昔のように本をお好きなら、それでいいと思っています」

「昔のように？」

「ええ、子供の頃、晃司さんは本を読んでいる時、いつも楽しそうでしたから」

「ちょっと待ってください。子供の頃って、僕たち、会ったことあるんですか？」

「やっぱり。晃司さん、覚えてないんですね」

文弥子はふう、と溜息をついて、長い黒髪を手に取り、頭の後ろに持ち上げる。

彼女の小さな顔の輪郭まではっきりとわかる。整った顔立ちと、細く長い首が、晃司の目を釘づけにした。

「子供の頃はこんな感じだったと思います。これで思い出してくれましたか？」

「すみません、全く」

これっぽっちも思い出せない。

「そんな、夏休みのたびに木山さんのお宅へ遊びに行っていたのに？」

「まだ東京にいる頃ですよね？　それ、どのぐらい昔の話ですか？」

「そうですね、私が小学校に上がるまでですから……」

「いえいえ、さすがにそんな昔のことは覚えていませんよ。というか、文弥子さんがそんなに幼い頃というのなら、僕は生まれているかどうかも怪しいんじゃないですか」

ぴしっ。何かが張りつめるような音がした。

文弥子は、持ち上げていた髪を一気に手放す。文弥子の顔を再び黒い毛束が覆う。

「あれ……？」

何か、様子が変だ。もしかしたら、年齢について触れたのがまずかったのだろうか。いや、「何歳ですか？」なんて聞いたわけではないのだから、そんなに怒るようなことではないはずなのだが。

「晃司さん、その様子だと、本当に私を誰だか覚えていないのですね」

「すみません。東京に住んでいた頃の記憶は、あまりないもので」

「それ以前に、今現在、私を何歳だと思っていらっしゃるんですか？」

「へ？」

時間が止まった。

そして店中の視線が晃司に集まった。

なんだこれは。僕は何かまずいことを言ったのか？　晃司は焦る。

本を読んでいる客たちも、カウンターで相変わらず同じカップを拭いている、というかもはや磨きにかかっている千里も、晃司に注目している。

「えっと。すごくお若く見えますよ？」

「具体的に何歳くらい？」

「そうだな、二十五歳くらい、ですか？」

こほん！　客席から咳払いが一つ。晃司はすぐに客席を見やる。

が、誰の咳払いかはわからない。なんだこの状況は。

女性の年齢なんて見当もつかないのに、当てるなんて無理な話だ。高校は男子校だったし、大学も女子との交流は殆《ほとん》どなかった。女性の外見と年齢を気にしたこともない。

「二十歳です」

「え？」

「先週、二十歳になりました」

驚きの一言が文弥子の口から飛び出した。

「ってことは、僕より年下？」

「晃司さん、子供の頃、読書をするあなたの邪魔をしに、部屋に入ってきたヒーローごっこが好きな女の子を覚えていますか？」

「ああ、なんとなく覚えています。たまに家に来てた、親戚の子だったかな」

「その子、私ですよ」

「えっ？」

「私です。親戚の子ではありません」

晃司の顔から血の気が引いていく。

つまり文弥子は、昔から晃司のことを知っていた——年下の女の子。

「そういうことです。ちょっとショックでした」

「ご、ごめんなさい！」

「いいんです。ショックというのは冗談ですから」

文弥子は晃司にそれだけ告げると、番台の上に置いていた本をまた手に取り、ぱらぱらページを捲《めく》り始めた。

晃司が幼い頃、まだ東京のアパートに住んでいた時だ。冬と夏に、祖父が友人たちを連れてきたことが何度かあった。そのなかに晃司と同じくらいの女の子がいたが、本ばかり読んでいた晃司はやたらと元気のいいこの女の子を全力で無視していたのだ。

徐々に思い出してきた。そうか、あの時晃司の家に遊びに来ていたのは、園川一家で、祖父の友人である園川啓治の孫もそこにいた。それが園川文弥子なのだ。

少し考えればわかることだが、初めて訪れる勤め先で、しかもこんな美人と一対一で話しながらなんて大して頭がまわらない。晃司はこの本に囲まれた喫茶店のことでいっぱいいっぱいだった。

「とりあえず、僕は制服に着替えてきますね……」

ずいぶんと話し込んでしまったせいで、もうすぐ勤務開始時間の午後三時だ。晃司は文弥子に一礼し、喫茶スペースのカウンターでカップとにらめっこしている千里に自己紹介をして、二階の部屋へと向かった。

イストワールの二階には、四つの居室があり、千里に案内されたのは一番奥の部屋で、文弥子の部屋の隣だった。ベッドの上には制服が予《あらかじ》め準備されており、いよいよ働く実感が湧いてくる。晃司はすぐに着替えを済ませ、階段を駆け下りるように一階へと向かった。

「制服、着てみたんですけど、これで合ってますか？」

「ええ、とてもよく似合ってますよ」

白いシャツに黒い蝶《ちょう》ネクタイという、どこにでもいるウエイターの格好だったが、いざ制服に袖を通すと気持ちが引き締まる。こういう感覚、久しぶりだ。

「さっそく仕事の説明なのですが」

「はい」

「晃司さんには、お客様の注文を伺ったり、お飲み物や紅茶を運んだりするウエイターの仕事の他に、元書店員と作家の知識を活かして『司書補』の仕事もしていただきます」

「シショホ？」

晃司はすかさずメモを取る。シショホ？　ケーキやラテの名称だろうか？

「司書補とは、司書の手伝いをすることです」

「司書？　司書って、図書館にいる、あの？」

「はい」

「司書は誰なんですか？」

「私です」

「なるほど、だからずっとそこに座ってるんですね」

「そうです。ここは司書台。基本的に私はこの司書台から動きません。私の担当は、本の貸し出しと返却ですから」

「えっと、イストワールは本の貸し出しも行っているんですか？」

「本当に俊明さんから何も聞かされていないのですね」

「すみません。恐らく面白がって意図的に、かと」

「晃司さん、『貸本屋』という業種はご存じですか？」

貸本屋。実際に見た事はないが、戦後すぐの日本を舞台にした小説にはたまに出てくる。小説や漫画を有料で貸し出していた業種だ。

「でも、今と昔では法規的に違うから、貸本屋としての営業は難しいのでは？」

「うちは喫茶店ですから」

「でも、実際に貸しているんでしょう？」

「お金をいただいていないので問題にはなりません」

「お金をもらっていないいんですか？」

「はい。お名前とご連絡先を書いてもらう以外は、特に何も」

「でもそれって、防犯上危ないいんじゃ？」

「大丈夫ですよ。ほら、見てください。このように、うちの店名スタンプを大きく押してありますから」

　そう言って、文弥子は今まで読んでいた分厚い本の罫下《けした》部分を晃司に見せた。

　確かに、『喫茶イストワール』という店名と、店の電話番号が書いてある。

「店にある本を借りて帰る人って、本当にその本が読みたい人なんです。本を読みたい。物語に触れたい。そういう人に悪い人はいない。それが、初代店長から続くイストワールの方針なのです」

　素晴らしい方針だ。ここが店内でなければ拍手をしたいぐらいに。

「そういう考え、僕はすごく好きですよ」

「よかった。わかってくださるのですね」

「もちろんです。人を信じることって、大事なことだと思いますから」

「そんなたいそうな思想のもとにやっているわけではないんですけどね。もともとここは、本を愛する人たちが趣味で始めたようなお店なんです」

彼らは、本と、物語に、夢と希望と愛を抱いています。と、文弥子は続ける。

「本は、お金稼ぎのための道具なんかじゃない。お母さんが言ってました」

「お金稼ぎのためじゃない……か」

またよみがえる。あの言葉が。

「晃司さん？」

「あ、いえ。すみません」

本を商売の道具にしているのではなく、純粋に本を読んでほしいから無償で貸し出しをしている。それを知り、何か、晃司の胸に熱いものがこみ上げた。

本当に、ただ「本を貸している」だけなのだ。読んでほしいから、その人に渡す。

作家も、それができればどれだけ幸せなことか。

「店内にある本は全て貸し出し可能です。私はこの司書台にずっといますから、馴染みのお客様はご自身でここに本を持ってこられます。ですが、中には私のような若い女性と話すのが苦手だったり、名前や連絡先、読書の趣味嗜好《しこう》を知られたくないという方もいらっしゃるのです。そのようなお客様の対応も、男性の方にしていただけると、もっともっと多くの人に本を読んでもらえる。私はそう考えています」

「それは何となくわかります。僕もお客としてここに来たら、文弥子さんに声をかけるのは少し躊躇《ためら》ってしまうかもしれません」

「やっぱり、私って話しかけづらいですか？」

文弥子の声のトーンが落ちた。

「私、近寄りがたい、って昔からよく言われてしまうんですよね。髪が長いから、幽霊みたいに見られるのでしょうか？」

「それは違うと思いますけど」

「でも、晃司さんは『躊躇う』のでしょう？」

「えっ、いや、そうじゃなくて……その、文弥子さんって綺麗な人だから」

ここまで言って、晃司は「話しかけづらい」ことを否定できていないことに気づく。

「まあ、晃司さんって、女性を口説くのに慣れてらっしゃるの？」

「口説くだなんて！　僕はそんな経験ありませんよ」

「冗談です。すみません。でも、嬉しいです」

文弥子は俯きながらも、わずかに口元を緩める。

「はは……綺麗な人って言われるの、じわじわ、来ますね。照れちゃう」

堪えきれなかったのか、文弥子は晃司の前で初めて——笑った。

こんな顔もするんだ。と妙に新鮮な気持ちになる。司書台に座り、陶磁器のような顔を少し下にかたむけて、本に目を落とす美女。そんな文弥子のイメージが、わずかに崩れる瞬間を目の当たりにして、晃司の胸の鼓動は不慣れなリズムを刻む。

「昔を知っているからでしょうか、不思議と、晃司さんとは会話が弾みますわ」

「僕のほうは、ついさっきまで忘れていましたけどね」

「それもそうですね」

文弥子が「ふふっ」と笑う。それにつられて、晃司も笑う。

そういえば、誰かと話すのも、こんなふうに笑うのも、随分と久しぶりだ。

「あの、すみません！」

晃司と文弥子が司書台の前で談笑してるところに、喫茶の客がやってきた。

「本を探しているんですけど」

若い女性客だった。小さな体に大きなバッグ。表情も仕草も可愛らしい。女性というよりは女子と言ったほうが、かえって失礼じゃないかもしれない。肩ぐらいまで伸びた髪は文弥子のそれと違って程よく栗色に染まっており、毛先をほんのりと巻いてある。

「木村《きむら》サヤカっていう人が書いた本が読みたいんです」

司書台にいる文弥子よりもその前に立っている晃司のほうが話しかけやすかったのか、女性客は晃司に木村サヤカの本の場所を尋ねてくる。「え」とか「あ」しか発せずにたじろぐ晃司は、咄嗟《とっさ》に文弥子の顔を見上げ、助けを求めた。

「木村サヤカ先生の本は、全て取りそろえていますよ。ご希望はありますか？」

文弥子が眉一つ動かさず、淡々と語る。さっきまでの笑みはない。

「あの、わたしこの間『黒翼の天使』を読んだんですけど、できればあんな感じのあるかなぁって……」

「『書庫隠れの民』！」

そう叫んだのは文弥子ではない。晃司だった。

「あ、すみません……僕ったらつい……」

「い、いえ」

突然、大声を出した晃司に対し、再び店内にいる全員が晃司を振り返る。五人、六人、さっきより増えている。そしてカウンター内の千里は相変わらずカップを拭いている。

何を隠そう、晃司は木村サヤカの大ファンなのだ。晃司が本気で作家を目指すようになったのも、この木村サヤカの本に出会ったからだった。彼女の本はいい。特に『黒翼の天使』は木村サヤカ作品の中でもベスト3に入る。演劇的な世界観と現実的思考を持つ主人公のなんとも言えない融合がたまらない。軽妙な文体に隠れた哲学的なメッセージ。換喩《かんゆ》の応酬、仕組まれたミスリード、それを気づかせる脇キャラクター。物語の展開には謎を仕込まず、全体像をぼかしておきながら読者にわかりやすいようシーンごとに主人公の勘違いや間違いを正していく、会話文に頼らない筆力。それゆえの読みやすさが、読書慣れしている評論家から初めて小説を読む中学生にまで、広く、そして高く評価されている。

「お兄さん、この作家さんが好きなんですね」

しまった。つい夢中になって、ぽろっと声に出ていたようだ。

「すみません。実は僕、彼女の大ファンで」

仕事中だということを忘れてた。

本の魔力が晃司を酔わせたか。

「私も木村サヤカの本は全て読んでますよ。でも、『黒翼の天使』はところどころ難しい言い回しもあって、どれが本当かわからなくなることありませんか？　お客様のように若い方には、『ステッキシュガー』や『田舎町エトランゼ』が人気だと思うのですが」

「あ、わたし普段本とか読まないいんですよ。もしかしたら、授業以外で本を読んだことないんじゃないかな」

「では、初めて自発的に読んだ本が『黒翼の天使』？」

「いや、あの……えっと……か、彼氏に勧められて、頑張って読んだらけっこう面白くて」

「頑張って読んだのに同じ作者の本に興味が出るということは、あなたに木村サヤカが合っているということです」

「あ、やっぱり、お兄さんもそう思いますか？」

晃司はまた口を挟んでしまった。

「もしかしてお兄さん、かなり本に詳しい？」

「えっ、いや、別に詳しいってほどじゃ……」

「詳しいですよ」

「え？」

言い淀む晃司に被せたのは、文弥子だった。

晃司は文弥子を振り返る、そして見上げる。司書台にいる文弥子を、ぐいっと。

「こちらの木山は、本日から司書補として着任しました。私とお客様の間に入って本のご案内をする、いわば『本のソムリエ』です。イストワールの蔵書についてはこれからですが、本に関しての知識は備わっているはずです。ねえ晃司さん？」

「ええっ、ここ半年くらい本は読んでないけど……」

「でも、晃司さんは小学校に入る前から本を読んでらしたわ」

「まあそれは、本当ですけど」

「まさに本のソムリエ。ぴったりじゃないですか」

「素敵！　どうりでそれっぽい格好してるわけですね！」

いや、格好がそれっぽいのは喫茶店の店員だからであって、ワインとも本とも関係ない、はずなのだが。

「失礼ですが、お客様は当店へのお越しは初めてですか？」

「はい。初めてです。わたし、中西有輝《なかにしゆうき》っていいます」

少し波がかったセミロングの髪を揺らし、屈託のない笑みを浮かべる彼女の瞳は、綺麗だ。宝石のように輝いている。木村サヤカの書く世界とは真逆にいるような、明るい少女だった。

小さな灯りだけを手に、終わりの見えない、暗い一本道へ自ら飛び込んできた少女。

中西有輝は、そんなふうにして現れた。

「少し、説明させていただきますね」

初めてのお客様ということなら、と、文弥子は背筋を伸ばし、中西と向き直ってイストワールの「貸し本」について説明を始めた。せっかくなので晃司も中西の横に並んで文弥子の説明に耳をかたむける。

「メニューの表紙にご案内しているとおり、イストワールでは、全蔵書の貸し出しを行っております。一週間という短いサイクルではありますが、期日までにご返却いただけるのでしたら、お一人さま一冊に限り、店外への持ち出しが可能です。もし、気になる本がございましたら、こちらにお持ちになるか、司書補の木山に一声おかけください」

「じゃあ今みたいに、オススメの本とか相談にも乗ってくれるわけですね！」

きらきらした瞳で、司書台に乗り出してくる中西。これでは「乗れません」だなんて言えない。

「ぼ、僕でわかる範囲なら」

そして晃司は再びこの世界に舞い戻る。

ようこそ、本の世界へ。イストワールの神様が、本から、小説から逃げていた晃司にそう囁《ささや》いたような気がした。

「わたし、今までこういうお店入ったことなかったんですけど、気に入っちゃった。なんだかワクワクしてきますよね。わたしも、こういうところにいていいんだって」

「きっとそれは、中西さんがあんなに分厚い本を最後まで読んだから、というのもあるかもしれませんね」

「そうなんですかね？　でも確かに、読み終わってしばらくすると、こんなにたくさんの文字を読んだって達成感がありました」

達成感。これについては晃司にもよくわかる。初めて小説を書き終えた時、分厚い束になった三百枚の原稿用紙を見た時、今の中西のような気分だったと思う。

もっとも、今となってはその達成感を味わうことはできないわけだが。

「思い切った行動が、人生を変える。でも変わったあとは、その思い切りはスタンダードになってしまう。だから、人はそう何度も思い切ることができない」

慣れの怖さと、それを失った時の絶望感を晃司は知っている。

「木山さん、なんか格好いいです。それ、誰かの名言ですか？」

「彼自身が、本物の作家さんなんですよ」

「ええっ！　作家さんって、プロってことですか⁉　すごい！」

「はは、まだデビューしたばかりの新人なんですけどね」

「ペンネームとか聞いちゃってもいいですか？」

「いや、それは……」

「秘密にしているんだっけ？」

文弥子が助け船を出す。

「そ、そうなんですよ。次の作品でペンネームを変えるかもしれないという話があるので、今のところは秘密ってことにしようかなって」

別に、晃司のペンネームや作品タイトルを知られたところで困るようなこともない。

だが、言ったところで、どうするというのだ。

彼女が探している木村サヤカの本は三十万部。全国どの書店でも平積みされている。

そして、晃司こと木山アキの本は、三千部。返本されて書店にはもうない。

「晃司さん、お客様におすすめの理由を説明して差し上げたら？」

鬱屈《うっくつ》とした気持ちになりかけていたところを、文弥子によって現実に引き戻される。いけない。お客様の前で何を考えているんだ。今は仕事中なのに。

「あ、はい……えっと、僕も『黒翼の天使』が大好きです。主人公が常に否定的で、語り口調にトゲがあって、賛否両論あるけど、あの口調や考え方が嫌いじゃなければ」

「私は賛成派です！　普段はああいう長文って読まないんですけど、テンポがいいのでつっかえずに読めますよね」

「なら、『書庫隠れの民』はオススメです。貧しい世界設定がちょっと暗いですけど、それぞれ主人公が違う短編連作なので、読めると思います。個人的には『黒翼の天使』よりもテーマが重くて、深いと思います」

「じゃあ、それにします」

「文弥子さん、『書庫隠れの民』はどこに？」

「一番書架の上から二段目、左から十六番目よ」

「すごいですね。ピンポイントで覚えてるんですか？」

「もちろん。ここで生まれて育った、司書の娘ですから」

高いところにあるから脚立《きゃたつ》を使って。と文弥子に言われ、晃司は脚立を担いで中西を書架へと案内した。木村サヤカの『書庫隠れの民』は本当に一番書架の上から二段目、左から十六番目にあり、晃司と中西を驚かせた。脚立の上から司書台を見下ろすと、本を読む文弥子の頭のてっぺんが見える。そういえば、女性の頭頂部をまじまじと見るなんて経験も初めてだ。と、本にも喫茶にも全く関係のないことを思ってみる。

「ありがとう。本のソムリエさん」

晃司の勧めた本を両手に抱え、司書台に向かう中西の笑顔に、心が和《なご》む。

名前と連絡先を記帳し、文弥子と中西は少しの言葉を交わしたあと、互いに手を振り合って「またね」と言った。

なるほどな。晃司は文弥子の言ったイストワールの方針を思い出し、司書台でまた一人無言で本を読むイストワールの司書を眺めつつ、脚立の上に腰掛けたまますりと笑った。

本を読みたい。物語に触れたい。そういう人に、悪い人はいないのだ。と。

司書のいる喫茶店で、晃司は再び——本と、物語に触れる。

夏休み前、七月に入ってからだったと思う。

私は彼とよく一緒に帰るようになった。彼は本以外のことは話さなかったけど、口数の少ない彼が私に話しかけてくれるだけで嬉しかった。

「君は、今までどのぐらいの本を読んだんだい？」

「そうですね、えっと……かなりたくさん読みました」

「数も覚えていないほど？」

「はい……あの、家がお店をやってるんですけど、たくさん本があるんです。小さい時から本に囲まれていて、文字が読めるようになってからはずっと本を読んできました」

「へえ、すごいね」

「お父さんの趣味なんですよ」

彼と私をつなぐものは、本だった。私は、自分の生まれ育った環境をこれほど嬉しく思ったことはなかったわ。本は好きだし、たいていの話にはついていける。彼が私と一緒にいてくれるのも、私が本の話をするからだって、思ってた。実際のところ、そうだった。

この時、彼は私ではなく本に興味があった。

でも、私は違ったわ。

私は、本ではなく、彼に興味があった。

心のどこかで、二人の関係が進むように、願っていたの。

こんなの初めてで、どうしたらいいかわからなかった。

もし失敗したら、彼はまた一人で本を読む生活に戻ってしまう。そうなるぐらいだったら、今のままでいい。

けれど――夏休みがくれば、二カ月近くも彼と会えなくなる。

すっごく悩んだわ。彼は三年生だから、来年の三月には卒業してしまう。

そしたらもう、二度と会えない。そんな気がして、私は焦ってしまった。

「あの先輩」

「なに？」

「良かったら、家へ、来ませんか……？」

ドキドキしたわ。告白も何もしていないのに、いきなりお家に呼ぶなんて。思い切った行動だったと思う。やりすぎね。

これでダメなら諦めよう。そういう覚悟もあった。先に進むことを、私は選んだ。

「君さえ良ければ。ぜひ」

彼の照れくさそうな顔を見て、私はその場で飛び上がりたいのを必死に我慢した。

秘密の地下書庫

イストワールは常連客によって支えられている店だ。常連同士のコミュニティにより、晃司《こうじ》の噂が広まるのは早かった。

五日も働けば、「本のソムリエがいる」とか、「作家が本を選んでくれる」とか、「話し相手になってくれる」とか好き勝手な尾ひれが付いて、お客のほうから話しかけてくることも多くなった。これまで家に引きこもっていたニート……ではなく作家にとっては、本と一緒に差し入れまで持ってきてくれる常連客を何人も相手にするのは、やや容量オーバー。コーヒーを運んだり本を戻したり取ってきたりする『ウエイター兼司書補』の仕事は慣れたものの、本の説明以外の話をするのはまだ上手くできない。

「晃司くん、この人の小説で、もうちょっと読みやすいのはないかな」

「ねえ晃司くん、同窓会で失敗しない勝負服を選んでほしいんだけど」

「なあ晃司くん聞いてくれよ、うちの猫がまたいなくなっちまってよぉ」

それに、すっかり「晃司くん」が板についてしまった。接客が嫌いなわけではないが、お客さんみんなに下の名前で呼ばれるのはけっこう照れくさいものがある。

「晃司さん、コーヒーおかわりお願いします」

「あ、はい中西《なかにし》さん」

晃司のバイト初日に木村《きむら》サヤカの本について訊ねてきた中西有輝《ゆうき》も、あれから毎日イストワールに来ている。

「忙しそうですね」

「ほんと、ホールはほぼ僕一人だからね。千里《せんり》さんも、もうちょっとドリンク運ぶの手伝ってくれてもいいのに……」

「ちょっと晃司」

「げっ」

思わず愚痴《ぐち》をぽろっとこぼしたところに、タイミング良く千里の声がした。

「なにが『げっ』だ。さっきのオーダー、ミスってるんだけど」

「す、すみません」

「ミルクショコララテのことをチョコラテって言ってくる常連もいるんだ。復唱はサボらずやれ」

「は、はい。すみませんでした」

「千里さん、相変わらずカッコいいですね」

「あら、ありがとう。でも中西さん、あまり晃司を甘やかさないでくださいね」

「えへへ、そうします」

「晃司、中西さんのおかわりはあたしがやるから、ドリップ落としといて」

ちなみに、千里だけは晃司のことを呼び捨てにする。現場での直接的な上司にあたるこの千里は、普段は無口だが仕事のことになると意外と喋《しゃべ》る。

「おーい晃司くん！　こっちにもコーヒーおかわり！」

「は、はいっ、ただいま！」

とにかく忙しい。お昼時は全くと言っていいほど客足が途絶えるのに、午後三時になった途端一斉に常連たちがやってくる。読書、またはティータイムという趣味嗜好《しこう》の時間とは、ある程度リズム化されているらしく、時間帯によって次々と常連客が入れ替わるため、午後のティータイムが始まってから閉店までアイドルタイムというものがないのだ。

だが、嬉しいことに、晃司がイストワールで働き始めてからこのティータイムの売り上げはわかりやすく伸びているのだという。晃司がホールで接客をすることで、常連たちのおかわりの杯数が増えているらしい。店長の文弥子が言っていたのだから間違いない。

従業員としてこれほど嬉しいことはないのだろうが、逆に考えると晃司が来るまで文弥子は何をしていたのだろうか？　と気になってしまう。

晃司が客席とカウンターと司書台と書架の四カ所を駆け回る間、文弥子は司書台から一歩も動かずに閉店時間までのほほんと本を読んでいるだけ。持ち出しをしていた客が返却の手続きをしに来る時と、貸し出しの時だけは接客をするが、本の案内はほぼ晃司にパスを出してくる。

晃司がここに来てからというもの、文弥子はトイレ以外にあの司書台から降りたことがない。文弥子はミルクティーを飲みながらを本を読むのだが、そのミルクティーを司書台に運ぶのも晃司の仕事だ。

店長の仕事に口を挟むつもりはないが、一日中あそこにいて飽きないのだろうか。あの場所に座ったことがないのでどれだけいい気分になれるのかは晃司にはわからないが、お尻の下にしく低反発クッションやお菓子のストックを見る限り、文弥子はよほどあの場所が好きらしい。文弥子の背後、司書台の後ろには分厚いカーテンがかかっているが、あの中に入っているところも見たことがない。

文弥子が本以外に注視するもの。それは、一つだけ。

絵だ。

司書台の向かいの壁には、一枚の絵画が掛けられている。文弥子はこの絵画をぼんやりと眺めていることも多かった。絵の中で微笑《ほほえ》む白いワンピースを着た女性といつもにらめっこをしながら紅茶を飲み、カップを置いたら本を読み、たまに来る客と一言二言話して、また本を読む。そして顔を上げて紅茶を飲む。

だがこれの繰り返しだ。午前十一時から、午後八時まで。ずーっとあの司書台にいる。

いや、司書なのだからそれは当たり前なのだろうけど、晃司にはとても真似できない。本を読むのは苦痛ではないとしても、長時間あそこまで読書を続ける集中力がない。

「やあ！　『本のソムリエ』がいる、と聞いたんだが」

からんころん。来客を告げるドアベルが鳴ると同時、晃司と文弥子が「いらっしゃいませ」の「いら」を言ったあたりで、「やあ」とキザっぽい挨拶とともに、スーツ姿の若い男が声高に店内に入ってきた。

その男はグレーのスーツを身に纏《まと》い、男性にしてはやや長めの髪を上手い具合に中分けして、いかにもプレイボーイといった形姿《なりかたち》だった。これで口にバラでもくわえていれば百点だろう。

「こんにちは。大池《おおいけ》さん」

文弥子はこのプレイボーイを大池と呼んだ。どうやら馴染みの客らしい。

「ごきげんよう。ミス園川《そのかわ》。この間お借りしたアレ、すごく良かった。へこたれてたけど、ご覧のとおり、今はもう元気さ！」

「お役に立てて何よりです。でも、もう少し静かにしていただけます？」

「失礼。アレからみなぎるパワーが僕をハイにさせてしまったようだ」

白い歯がキラリと光る。顔はかっこいい。それだけは認める。

「あの、大池さん」

「あ、デートのお誘いなら申し訳ないが、僕は男性からのお誘いしか受けないんだ」

「いえあのそれは全然けっこうなんですけど、お貸しした『アレ』、返却期限は今日までですよ？」

「シット！　なんということだ。僕としたことがそんな大事なことを忘れていただなんて」

片手で目を覆い、その場に跪《ひざまず》く大池。動きが大きい。どこかの歌劇団の人なのだろうか。

「と見せかけて、持ってきてるよ」

立ち上がる。見ていて飽きない人だ。

「返却していただけるのならけっこうですわ」

「相変わらずドライだね。雨に濡れても心配なさそうな子猫ちゃんだ」

「子猫って歳じゃないですよ私」

文弥子に年齢の話は危ない。それ以上先へ進んではダメだ。と晃司は言った。心の中で。

「フフ、それなら『女豹《めひょう》』、ってのはどうだい？」

「大池さん、ふざけすぎるとまた千里に怒られますよ？」

「おっとそうだった。この間は諸事情のあまりつい取り乱してしまったが、僕はあくまで紳士。この店にも司書さんにも、迷惑はかけないッ！」

「それならもう少しボリューム落としてください」

「失礼。言うとおりにしよう。千里くんも、少々お怒りのようだしね」

大池はいつの間にか外れていたシャツのボタンを二つ留め、ジャケットをパンっと引っ張って姿勢を正す。じわりと歩み寄る千里の険しい表情も効いたか。

「君が『本のソムリエ』かい？」

と思ったら今度は晃司に向かって一直線。

長い足が一本線を描くように、大池の長身を運ぶ。小気味よい足音が晃司の緊張を高めていく。

「は、初めまして。新人の木山《きやま》晃司……です」

「大池だ。よろしく」

大池は晃司の手を両手で包み、握手を交わす。近くで見ると大きい。晃司も身長は高いほうだが、この大池は晃司が視線を上に向ける必要があるほど高い。

「可愛い顔をしているな」

「えっ」

突然の「可愛い」に晃司は困惑した。

「君の瞳は美しい。何百人という男を見てきたが、君の瞳からはとても強い力を感じる」

「それは、どうも」

大池は鼻先が触れ合うほどまで顔を近づけ、晃司の頭、首、胸と、上から順に視線を下ろしていく。

「ねえ君。君は、僕に『合う』本は何だと思う？」

「大池さんに『合う』本……ですか？　おすすめではなくて？」

そんなの、人によって好みが違うんだから簡単にはわかりっこない。

中西の時のように、具体的なオーダーがあればまた話は別だが。

「大池さんは、どんな本がお好きなんですか？」

「わからない」

「わからない？」

「ああ、わからないんだ。なぜなら僕は、読書の初心者だから」

大池は、綺麗にセットされた髪を自ら摑み取り、「苦悩」のポーズを取る。

面白い人だということはわかったが、今のところマトモな会話が続いているとは言えない状況だ。とりあえず最後まで話を聞いてみないことにはなんとも言えない。

「僕は、ここイストワールに来るまで実用書以外の本を読んだことがなかった。今のところ三冊しか読み終わっていないからね。まだ好みというものがわからないんだ」

困ったものだよ、全く。と鼻から息を吐いて大池は両手を持ち上げて今度は「お手上げ」のポーズを取る。いや、お手上げなのはこっちなのだが。

「ところが、だコウジ」

「は、はあ」

「あんなに文字だらけの本を読めた自分に酔いしれてしまってね。僕にもできるんじゃないかと。ミス園川のように一日の殆《ほとん》どを読書に費やすなんてことは到底マネできないが、なんだかこう、新たな自分を見つけたような気がしてね」

中西と同じタイプだ。本を読んだ満足感が、次の一冊を求めている。

だが、好みがわからない読者に「合う本」を選ぶだなんてほぼ不可能に近い、賭けの要素が強い。

「君にわかるだろうか。僕のハートに突き刺さる、弓矢のような一冊が」

言われて、晃司の中に潜む何かが、その姿を現した。

こんなの、適当に笑って誤魔化しておけばいいだけなのだろうが、この大池という大して本を知らなそうな男に挑発的な態度を取られて、「僕もわかりません」と答えるのは、イストワールの従業員としても、本を愛する者としても、作家としても納得がいかない。

「大池さん、その三冊って、どんな本ですか?」

本のことになるとムキになる。それが晃司の悪い癖であった。

「読んだことがあるのはどれもベストセラーになったものばかりだよ。流行についていけなくては紳士としてナンセンスだからね」

「では、そのベストセラーの中で一番面白かったものは？」

「難しいな。雑誌の特集では『キャンセル待ちの映画館』が好評と書いてあったが」

「雑誌で紹介されているのは裏事情ありの提灯《ちょうちん》記事なことも多いですから、あまりアテにはなりませんよ」

「まあそのへんは僕も元・会社経営者としてわかっているつもりだ」

むしろその情報を最初に欲しかった。この人、会社を経営していたのか。

「興味がある作品といえば、最近、ちょっと読んでみようかなって思った本があるよ」

「それは？」

「『さよならするための恋芝居』」

サヨナラスルタメノコイシバイ。

大池がその作品名を口にした瞬間、小刻みに動いていた晃司の心臓が一時停止したように硬直し、目眩《めまい》と耳なりが晃司の感覚を奪った。

その本は――嫌いだ。読む気にならないし、表紙を見たくもない。

「今、映画化で話題になっているじゃないか。確か、作者本人も出演するんだってね。男女を問わず泣ける小説というううたい文句に強く惹かれたよ」

さよならするための恋芝居。

知っている。

作者の名は、夕凪志希《ゆうなぎしき》。

彼女のこともよく知っている。

夕凪志希は、晃司と同じ出版社から本を出している作家だ。

「夕凪志希……」

彼女は、晃司が逃した新人賞の大賞を受賞した作家で。

晃司の同期である。

「今、彼女ほど有名な新人作家はいないだろうね。デビュー二作目にして映画化、五十万部を超える大ヒット。やはりテレビの取材でタレント売りしたのも効いたんだろうね。僕は女にはあまり興味ないけれど、可愛いし、よく喋る。日本人はメディアの力に弱いから、これから更に勢いをつけていくだろうね。この僕のように」

夕凪志希は、まだ十九歳。デビュー当時は高校生であった。

期待の高校生作家としてデビューしたが、彼女の応募作でもあり受賞作でもあるデビュ一作は、晃司と同じように全く売れなかった。

二作目の出版に合わせ、編集部はファッション雑誌と提携して夕凪志希を顔出し作家として売り出す作戦に出た。このあたりの事情はよく知っている。

なぜなら、夕凪志希の担当編集者は——晃司の担当と同じあの女だから。

「すみません大池さん。僕は、彼女の作品を読んだことがありませんので、なんとも」

「おや、意外だね。今、グイグイ来てるライバルを、作家がチェックしていないだなんて」

「僕らは会社員でもアスリートでもないですから。ライバルという概念はあまりないんですよ。すみませんお力になれなくて」

「そんな顔をしないでくれたまえコウジ。これじゃまるで僕が君を泣かせたみたいじゃないか」

「いや、泣いてないですけど……」

人の話を聞かない男だ。大池は晃司の両肩に手を載せ、「僕はただ君と仲良くしたいんだ」と、わけのわからないことを言っている。本を探しているんじゃなかったのか。

「何を読めばどう感じるかなんて、本人にしかわからないだろうからね」

「もう少し読書の傾向とか、情報があればご案内できたかもしれないですけど」

「コウジ、君はその情報がないと、本を探せないかい？」

「え?」

長身の男が真剣な眼差しで、ウエイターを見つめている。その場にあるのは会話に入ってこない二人の従業員と、十人に満たない客。ウエイターに求められているのは、たった一つの質問への回答だ。

「この僕にぴったりな本。それを探すのに、どんな情報が必要なのだろうか」

急に難しい話になってきた。

読者にぴったりな本なんて、本人が見つけるものだ。作者や、書店員が見つけるものじゃない。

「君は、贈り物を選ぶ時に、相手が確実に喜ぶものでないと選べないタイプのようだね」

「は、はあ」

「人の心は常ならざるもの。絶対なんてない。なんてことのない言葉が、大きな感動を生むこともある。ミス園川の選ぶ本には、それがある」

「文弥子が?」

話の流れからして、この大池は文弥子におすすめの本を貸してもらったということなのだろうが、そういえば、文弥子が誰かのために本を選んでいるところを晃司は見たことがない。

作者や作品についての説明をしていることならよくあるが、晃司のように、常連たちに合った本を選んでおすすめする、という行為はしていないのだ。

「君が『本のソムリエ』なら、その辺りも心得ていると思ったのだが」

それなのに、なぜこの男は文弥子のことまで「本のソムリエ」と呼ぶ？

ダメだ。話をするのに精一杯で、難しいところまで頭が回らない。

「君は知らないのか？　ミス園川が貸してくれる究極の一冊を」

「究極の一冊？」

「彼女は、一万冊の中からたった一冊の本を見つけることができる」

「それは知ってます。文弥子は……園川はイストワールの蔵書を把握していますから」

「ノンノン。そうじゃない」

大池は人差し指を唇に当てて、それを左右に振る。

「一万冊の中から、読者の求める本を選び抜く。その本は読者の心に刺さり、感動どころか考え方を変え、人生まで変えてしまうことがある。まさに魔法、究極の一冊。僕は彼女の選ぶ本をアルティメットマジックブックと呼んでいる」

「強そうな名前ですね」

「事実、僕はこの一週間で、ミス園川が選んでくれた本を読み考え方が変わった。作者の、一人の読者へ向けた熱い思いが、ページの端々から伝わってきたよ」

作者の思い。一人の読者への思い？

そんな本が、この世に存在するのだろうか。

母が子に聞かせる物語のように、ただ一人の心へ向けてまっすぐに飛ばされた言葉があるとしよう。

それは愛だ。本じゃない。

一人の読者へ愛を込めた本は——編集者を通らない。

そんなの、晃司が身をもって体験している。

「確かに、そんな本があったらこの業界はもっと盛り上がるのかもしれません」

気がつけば晃司は本音を語っていた。

本のことになるとムキになる。

晃司の悪い癖は、本が好きだから？　それとも嫌いだから？

本を「書く」と「読む」と「売る」がごっちゃになって、わからなくなってしまった。

「お店に並ぶ本はより多くの読者の心に響くよう、作家も、編集者も、大変な思いをして作っています。部数が出なければ作者は本を書けない。悔しいけれど、メディアに踊らされるこの小さな島国では、より多くの数字を叩き出した本が正義とされる。もちろん僕は内容や作家の思いを大切に読んでいる。でも、一人の読者の人生を変えるより、一万人の読者を元気にするために、僕たちは寝ずに苦しむことだってあるんです」

いったい、この言葉は誰に向けたものなのだろう。

どうして晃司は、いつもこうして自分の気持ちをそのまま声に出してしまうのだろう。

本に書けないから？

溢れ出る音と文字の源泉を、自分で取り込んで循環させるだけの毎日だから？

迷いながらも、晃司は言葉を重ねてしまう。

「大池さんの心を揺さぶったのは、『一人へ向けた物語』ではなく、一部でも多く売れるために作者が苦しんでひねり出した『一万人へ向けた物語』の可能性もあります。それに共感する人間が十万人いたって、百万人いたって別におかしな話じゃない」

「晃司くん」

「僕はヒットを飛ばしたことがないので偉そうなことは言えませんが、一人に向けた本というものを書いてお店に並べるのは至難の業《わざ》です。そんなことができるなら、作者も読者ももっと幸せだ」

「晃司くん！」

ハッ、と我に返る。

無意識に握っていた拳《こぶし》を、放した。ゆっくりと、時間をかけて。

「そのへんにしておきましょう。読むも語るも感じるも、お客様の自由です。晃司くんがそういう考えを持つように、違う考えを持つ読者も、作者もいる」

晃司の名を二回も呼んだのは、文弥子だった。

文弥子が司書台から降りている。営業中のイストワールでは、滅多に見ない光景だ。

それが、晃司をいっそう焦らせた。僕はなんてことをしたんだと。失言なんてレベルじゃない。食器をまとめて落っことすよりも、仕込みのパイ生地をまとめて焦がしてしまうよりも重大なミスをした。

自責の念、後悔、その後に訪れる——驚きと、恐怖。

「大池さん、大変申し訳ありませんでした。彼はプロの作家なので、私たちが知らないような話もたくさん知っているのです。大池さんのご質問に、なんとか応えようとした結果なのだと思います」

「もちろん、わかっているよミス園川」

大池に対しては割と気さくに接していた文弥子が深々と頭を下げるのを見て、晃司は慌てて腰を九十度に折る。

「も、申し訳ありませんでした……僕、お客様に失礼なことを……」

「い、いいんだよコウジ。正直、その……僕もあんまりよくわかってないっていうか、言ってしまえば本に関しては素人《しろうと》なわけだし、仕事も上手くいってないし」

「いえ、娯楽に素人も玄人《くろうと》も関係ありません。ほんと、僕、そんなつもりじゃなくて」

「大丈夫さ。本気の談義ができたようで良かったよ」

「晃司くん、ちょっと休憩しましょうか」

「……はい」

「それと大池さん、さっきの本、書庫に戻してくるので、返していただけますか？」

「おっといけないいけない。また返し忘れるところだったよ」

「お茶、していかれますよね？」

「ああ、アメリカンを頼むよ。それから『貴婦人と夕暮れのポップオーバー』も。今日はアメリカンな気分なんだ。この胸の高鳴りは、イギリスって感じじゃない」

「かしこまりました。千里、お願いね」

こくん。カウンターからホールに出てきていた千里が無言で頷《うなず》く。

「大池さん、『貸し出しノート』への記帳は、お帰りの際にお願いします。晃司くんをちょっと地下まで連れていくので」

「わかった……あ、ミス園川」

「はい？」

「彼を、あまり叱らないでやってくれ。調子に乗った僕も悪い」

「ご心配なく。本を書庫に戻すだけですから」

ピークタイムが一転して、その言葉の意味どおりアイドルタイムに変わったイストワールは、一時的にではあるが司書と司書補が現場を離脱する。

大池の言葉が、晃司の胸の中で暴れ回って、ズキズキと痛んだ。


大池から本を受け取り、晃司の手を引いた文弥子が向かった先は司書台の裏にあるカーテンの中、物置部屋のような場所だった。トイレの個室よりちょっと広いぐらいのスペースで、文弥子が置いたであろうお菓子の箱やまだ新しい装丁の本が綺麗に積まれていた。

「本当にごめん」

「いいのよ。大池さんも別に怒ってなかったし」

「僕、あんなこと言うつもりじゃなくて……」

「だから顔を上げてってば。お説教するためにここに連れてきたのではないんだから」

「文弥子……」

こんなふうに、歳が近い者同士、気軽に話せるようにはなった二人の関係だが、今回の一件でさすがに「店長からのカミナリ」が落ちることを覚悟していた晃司は、文弥子のいつもどおりの口調に安堵した。

それで自分の行いがリセットされるというわけではないが、今は文弥子の優しい表情が女神のように感じられた。胸の痛みも、徐々に取れていく。

「文弥子が怒ってると気づいて、ただごとじゃないって自覚した」

「怒ってないわ。普段大声を出さないものだから、ちょっとボリュームの調整が上手くいかなかっただけ」

「そうなの？」

「ええ。本当に怒っていたら怒ってるって言うから」

そう言ってくれると、下手な励ましよりも信用できる。

「僕、文弥子がトイレ以外に司書台から降りてるところって初めて見たから、すごく怒ってるんだろうなって思った」

「ちょっと、晃司くん私がお手洗いに行くところ見ているの？」

「いや、だって、ホールで動き回ってると視界に入っちゃうから」

「もう！　私だってこっそり行ってるんだから、気づいててもそういうこと口にしないでちょうだい」

「ご、ごめん」

女の人はトイレに行くところを見られるだけで嫌なのか。また一つ勉強になった。

「私が司書台から降りたのは、大池さんからこの本を返してもらうため。二人の間に入ったのはそのついでよ」

文弥子は、さきほど大池から受け取った薄っぺらい本を晃司に見せる。

表紙には、『心機一転やり直し、できない』とだけ書かれている。絵や写真はもちろん、カバーデザインも何もない。ただ灰色の厚紙に、作品タイトルだけが書かれた簡素な本だった。例えるなら、学校の卒業文集のようなもの。いや、それよりも薄い。

「この本はね、イストワールの『裏メニュー』なの」

「裏メニュー？」

「そう。大池さんが言ってたのは、この『裏メニュー』のこと。あの人はまだイストワールのことをそんなにわかってないから、きっと晃司くんにも『裏メニュー』の対応ができると思ったのでしょう」

「対応って、どんな？」

司書台の裏側、カーテンで仕切られた狭くてほこりっぽい物置で。

文弥子は「原則として秘密事項なんだけどね」と、小さな唇に指を当て、いたずらっぽく笑った。

「あの人が言ったとおり。『あなたにぴったりの本』を一冊選び出して、それを貸し出すこと。それも、書架にはない、特別な本の中から、ね」

「書架にはない？」

なるほど、だから「裏メニュー」というのか。

「私が『このお客様にはぜひ読んでほしい一冊がある』と判断した場合に限り、表には出ていないイストワールオリジナルの本を貸し出すことにしているの」

「それはつまり、自社ブランドってこと？」

「そう。だからこの本も、世界中どこを探してもイストワールにしかない。たった一冊の貴重な本。もちろん、コピーは取ってあるけど」

文弥子の言う『裏メニュー』の貸し出しと返却は、必ず文弥子がその手で行うものらしい。通常の本の対応であれば、晃司がお客と文弥子の間に入るのだが、この『裏メニュー』は全て文弥子一人で貸し出すのだという。

つまり、文弥子が仕事で司書台を降りる時というのは、この『裏メニュー』の本を取りに行くか戻しに行く時だけ。というわけだ。

「晃司くん、後ろを見て？」

「後ろ？」

言われるまま、晃司は背にしていた壁を振り返る。

そこには、古ぼけた扉があった。

「あれ、こんなところに扉が……」

「おんぼろだけど、いい味だしてるでしょう？　この扉、おじいちゃんが若い時外国から買いつけてきたんですって。イストワールでダントツの最年長」

最年長。と言うだけあって、司書台の裏に隠されたこの扉は、かなり年季の入ったものだった。ところどころ塗装が剝《は》げており、下のほうはどこにぶつけたか蹴られたか、いくつか打痕《だこん》も見つかった。おんぼろの扉だ。

だがデザインはシンプルで、変わった模様などは施されていない。扉の上部に獅子《しし》の頭部を象《かたど》った真鍮《しんちゆう》製のドアノッカーが一点のアクセントとなっている。

「このドアノッカーがお気に入りなの」

カツンカツン。と、獅子の口輪を打ちつけて、文弥子は「いい音」と満足げに微笑む。

「この扉の向こうは、イストワールの地下書庫」

「地下書庫、そんなものがあったのか……」

「裏メニュー用の本しか置いていないから、普段は使うことはないの。鍵も私しか持っていない、司書専用の、秘密の地下書庫よ」

ほら。と、文弥子はうなじに光る銀色のチェーンを指でつまみ上げる。

するっ、という音とともに、何かが文弥子の体をなぞって上がる。

「やだ、ちょっと待って」

胸……というか下着に引っかかったらしく、文弥子はシャツの隙間から手を入れてチェーンの先についた鍵を取り出した。恥ずかしそうに頰を染めているのは、格好良く鍵を取り出すことに失敗したからだろうか。

「鍵を開けるわ。本を戻しに行きましょう」

文弥子は長さ十センチほどの錆《さ》びついた鍵を扉の鍵穴に差し込み、それを両手で支える。上下に動かしながら、まるで泥棒が道具を使ってこじ開けるように、がちゃがちゃと乱雑な音を立てて鍵を開けた。

重く、乾いた音が、地下書庫の扉の解錠を知らせる。

「暗いから、足下に気をつけて」

扉を押し開いた文弥子がそのまま先導する。晃司はその後ろについていく。

一歩足を踏み入れると、そこは暗闇の世界。あまりの暗さに驚いた晃司は、扉を支えていた後ろ手を放してしまう。重い扉が大きな音を立てて一瞬のうちに閉まる。

「うわっ、ごめん」

「平気よ。慣れているから」

思わず間抜けな声を漏らしてしまった晃司とは違い、文弥子は急な暗闇にも扉の閉まる音にも驚かなかった。

「今、明かりを点けるわ」

文弥子は冷静に、壁に手を這《は》わせ、スイッチの場所を探る。

パチン。電源の入る音。間もなくして、明かりが点《とも》った。

晃司の視界に、地下へと続く階段が広がっていく。天井からぶら下がる二つ三つの洋灯の橙《だいだい》色に照らされて、わずかな闇が下へ下へと逃げていく。

「晃司くん、もしかしてこういうところ苦手?」

「そんなことないよ。高い所は少し苦手だけど」

ここで「怖い」と言ったら、文弥子は手でも繋いでくれたのだろうか。などと下らないことを考えながらも晃司はいくつか階段を下る。

下った先にあったのは、薄暗い書庫だった。

「ここが、イストワールの裏メニュー。大池さんふうに言うなら、『究極の一冊』が眠っている秘密の地下書庫。ってところかしら」

大した広さではないが、イストワールの書架スペース同様、本棚に囲まれている。

部屋の奥にはテーブルと椅子、それから二人がけ用のソファが置かれている。テーブルの上にちょこんと乗った「司書」のプレートから察するに、あのテーブルはこの地下書庫の司書台代わりということか。

「こんなところが地下に隠されていたなんて……」

本と、読者だけの部屋。誰の目にも留まらない。秘密の地下書庫だ。

無意識に晃司は、階段下で立ち止まる文弥子を追い抜いて、書棚にかじりついていた。

この改造された地下室というのもまた男心をくすぐる。こんなに面白い場所があるなら、まず一番最初に教えてくれればいいのに。

「晃司くん、同人誌って知ってる？」

意外な言葉が、文弥子の口から零れる。

「知ってるよ。小説も漫画も、どっちも読んだことがある」

本来、同人誌というのは無名の作家が自主制作で発行していた文芸誌のことを呼ぶのだが、今の日本で同人誌といえばどちらかというと漫画のほうが主流だ。

一方、小説の同人誌は漫画に比べて認知度は低い。認知はされていても実際にそれを読む読者は更に少ない。

「ここにある本はね、全部同人誌なのよ」

晃司は耳を疑った。

「いま、なんて？」

「ここにある本は全部同人誌と言ったの。晃司くんが今手に取ろうとしているその本も、大池さんに貸していた本も同人誌よ」

言われて、晃司は手にしていた文庫本の表紙に顔を近づけ、その装丁を確かめる。薄い表紙、通常の文庫本よりやや文字間の空いたレイアウト、奥付には、本来記されているはずの発行者、出版社名が書いていない。

「その棚も、そっちの棚も、全部同人誌」

「これ、全部？　かなりの数があるけど……」

晃司は片っ端から本を手に取り確かめる。よく見ると、本とは呼べないような簡易誌も多く交ざってる。変色した原稿用紙の束、コピー紙をホチキスで留めたもの、それに色画用紙で表紙をつけたタイプの同人誌が最も多かった。

「でも、同人誌って作者の趣味で書くような小説だよね？　言い方は悪いけどさ」

「売ることを前提に考えていないからね。でも、内容はどれも面白いものばかりよ」

編集者を通さずに完成された本。作者の思うように書かれた物語。

はたしてそれは、本当に「面白い」のか。

「晃司くんは、一度も趣味で小説を書いたことはないの？」

「どうだろう？　木村サヤカの本を読んでそのまま勢いに乗って書き上げたのが最初の小説だったから、趣味って感覚でもなかったような気がするけど……一つ言えるのは、プロの世界に趣味は通用しないってことかな」

晃司もそれなりに多くの原稿を書き上げてきたので、ただ小説を書いていれば幸せという感覚はわかる。

だが、プロになってからは、自分の書いた小説を「読まれる恐怖」も知った。

自分の中にある世界を形にしたい。その言葉は、ただただ眩《まぶ》しい。小説に限らず、創作には大切なことだ。表現したいという気持ちがなければ、何も出てこない。

だが、それだけじゃ商売はできない。プロ作家では、ない。

「自分の書いた物語に共感してもらえる喜び。それにしか目を向けないでいると、狭い世界しか書けなくなる」

「晃司くん……」

「僕が、実際に編集者から言われたことだよ」

読者に共感を求め、書くことに楽しみを見出す。そういうプロが何人も業界から消えた。

「私は、狭い世界のお話でもいいと思うな」

「どうして?」

「狭い世界に住む人の心を、救うことができるから」

洋灯の真下にいるせいか、文弥子の表情からは陰影が感じられる。

「恐怖に怯《おび》えている人を救うのは、同じように怯えてくれる仲間。ということもあるわ」

「共感、か」

作者が読者に、読者が作者に、共感する。共感させる。商業では難しい。

「一人の読者に歩み寄ることも、作家には必要なんじゃないかなって、私は思うのね。もちろん、商業として大衆を相手にお金儲けをするとなると話は変わってくるけど、最初に言ったように、イストワールは本をお金稼ぎの道具として扱わない。私たちは、自分が幸せになるために、他人を幸せにするために、本を扱っているから」

あまりの衝撃に、晃司は言葉を失った。

自分が幸せになるために、他人を幸せにするために、本を扱っている。

そんなこと、誰からも言われたことがない。編集者にも、書店員にも。

「本の持つ可能性と、人の心が持つ可能性は、どちらも計り知れない。この先、どれだけ科学が発達しても、技術が進んでも、人が人である限り、物語はなくならないわ。二千年前から変わらない、人の歴史。他の動物にはない、言葉というものがあり、心がある。人の心あっての物語。心あっての本」

本について、物語について、言葉について、ここまで深く考えたことなどない。

だが、文弥子の言うことは、すんなりと晃司の中に入ってきた。

これは理解なのか、共感なのか。細かいことはどうだっていい。

彼女の言葉が、晃司の心を揺さぶったのは、事実なのだから。

「人の心を他力で動かすのって、すごく難しいことだと私は思っているのね。ずっと一緒にいる家族ならともかく、育ってきた環境も、考え方も、価値観も違う相手の心に触れるのって、難しい。私は、怖いとさえ思う。でもそんなの、当然なのよ。みんな別々の個体に生まれてきたんだから、完璧な一致なんてそうそうない。だから私は、本を使って提案をするの」

「提案？」

「私の手では触れられない、私の言葉では届かない部分に、もしかしたら届くかもしれない物語を」

そんな物語を書くためには——

「相手のことを想って言葉を綴《つづ》る必要がある」

——読者の心と向き合って、作者の心も開く。

晃司には未だ経験したことのない書き方だ。

「物語で人を幸せにしたい。感動をわかち合いたい。そういう気持ちさえ持っていれば、誰でも作家になれるんだって、昔ある人に言われたの。私の尊敬する作家さんに」

「その人はプロ？」

「いいえ。アマチュア」

「そこなんだろうね。僕も、できることなら思いの丈《たけ》を作品にぶつけて発表してみたい。でもプロになってそれは無理だとわかってしまった」

「プロの世界はいつもお金がつきまとうものね」

「そうなんだ。仕事として物語を書くのなら、一人の読者の人生を変えるよりも一万人の読者に感動を与えることのほうが重要と言われる。そのとおりだと思う。出版社は作家の夢を叶えるために赤字を作る会社じゃないから」

「晃司くんの担当さんは、数字に厳しかったの？」

「厳しいなんてもんじゃないよ。売れない本に価値はないとまで言う人だった」

「もどかしいわね。出版社って、たくさんの本を読者に伝えることができる、唯一の会社なのに」

「会社っていうのはお金を稼ぐために存在するところだからね。その会社に雇われた僕たちは、お金のために本を書かなければいけないんだ」

トゲのある言い方になっていることは自覚していた。

こんなこと、文弥子に話すつもりじゃなかったのに。

だが、本について、出版について、文弥子と話しているうち、頭の中で渦巻いていたものが少しだけ整理できた気がする。

大池に対し、感情的になってしまっていた部分。作家としての晃司が、徐々にクールダウンしていった。

そして晃司は、大切なことを思い出す。

「文弥子」

「うん？」

「お礼を忘れていた」

「どうしたの？　急に」

「さっきの、上での話だよ。僕を庇ってくれただろう？　ごめんよりも、ありがとうを先に言うべきだった。ありがとう」

そうなのだ。文弥子にさえ言うつもりのなかった、作家としての鬱憤《うっぷん》を、晃司はお客様にぶつけてしまった。これは確かにいけないことだ。

だが、あの時文弥子は、きちんと謝罪をしてくれた。

彼はプロなので、私たちにはわからない事情もあるんだと思います。と、晃司を庇ってくれたのだ。

晃司はもう、一万人を相手に言葉を考える立場ではない。

今はイストワールの司書補。目の前にいる一人の人間を、しっかりと見つめなければいけないのだ。

「僕、誰かに愚痴を言ったことってないんだ。ずっと一人でため込んで、浮島に乗って小説を書いてる感じだった。編集者の言うことをそのまま信じて、わからなくなっても相談せずにいた」

「じゃあ、誰かに相談するのは、私が初めてなの？」

「うん。だから、ちょっとスッキリした」

「それは良かった。私で良ければいつでも聞くわ。晃司くんは同じ職場の仲間。イストワールで一緒に暮らす、家族のようなものなんだから」

言われて、晃司は頬を染める。

それを見て、文弥子も頬を染める。

「か、家族っていうのは、ちょっと言い過ぎたかな」

「い、いや……温かさが伝わるというか、心に響くいい例えだと思うよ」

洋灯の真下から一歩、晃司に近づいた文弥子の顔が、ハッキリと見える。

初めて見た時とは違う顔。

そして、ここに来た時とも違う顔だ。

「そうだ晃司くん。大事なことを伝え忘れていたわ」

「大事なこと？」

「向かいの書棚をスライドさせて」

「棚？」

「いいから」

秘密の地下書庫にある同人誌という「裏メニュー」以外に、まだ大事なことがある？

晃司は疑問に思いながらも、文弥子に言われるがまま、ちょうど正面に見ていたスライド式の本棚を摑み、横に滑らせた。

「あ」

新たに顔を覗かせた二列目の棚には、手書きの作品タイトルが書かれたバインダーの背表紙がずらりと並んでいた。

「そこの、赤いバインダーでとじられた本をどれでもいいから選んで。晃司くんに貸してあげる。晃司くんがいろいろと話してくれたお礼。お近づきのしるし？　って言うのかしら」

「あ、ありがとう。じゃあこれで」

晃司は、「朝桐玲花《あさぎりれいか》」という作者名が書かれた赤いバインダーを引き抜いた。背表紙には『今日うちの猫が死にました』と書いてある。タイトルに惹かれたわけではないが、書店に並ぶタイトルとしては一発ＮＧだ。

「思い切ったタイトルだね。同人誌ならでは、だ」

「それ、木村サヤカ先生が書いた本よ」

晃司は思わず本を床に落とした。

「なんだって？」

「だから、晃司くんが今持っている『今日うちの猫が死にました』は、木村サヤカ先生が書いた同人誌なの」

「そんな、えっ？　嘘《うそ》だろ？」

「ふふ、期待どおりの反応」

「だってここには、朝桐玲花って……」

「朝桐玲花は木村先生の、イストワール限定のペンネームなの。だからそこにある本はぜんぶ木村サヤカ作品よ」

つまりこれは、世に出ていない木村サヤカの小説。

「木村サヤカ先生だけじゃないわよ」

膝を震わせる間抜けな晃司を見ていよいよ楽しくなってきたのか、文弥子は書棚を動かし、何冊か本を取り出して晃司に見せた。

「これが渋澤聡《しぶさわさとる》、こっちは辻兼光《つじけんこう》、でこれが、きっと晃司くんも大好きな宇田川竜泉《うだがわりゅうせん》」

「宇田川竜泉⁉　嘘だろ？　宇田川竜泉の手書き原稿をお客に貸し出しているっていうのか⁉」

「だって、ご本人が是非《ぜひ》にと仰るんだもの」

「ちょっと待ってくれ、思考が追いつかない」

「ここにある同人誌はね、殆どがプロの作家、もしくはプロ作家が連れてきたアマチュア作家が書いたものなの。デビュー前の持ち込み作家さんとか、お弟子さんとかも腕試しにとたくさん書いていってくれたらしいわ」

文弥子はゆっくり説明してくれるが、まだついていけない。

「この地下書庫は、書店に並ぶことのない、世界にただ一つの名作が集まる場所。ビブリオマニアが知ったらどんな手を使ってでも読みたがるでしょうね」

「それじゃあ、プロの作家がイストワールに寄稿するために書き下ろしたっていうのか？これだけの数を？」

「そうよ。作家が作家を呼んで、こんなにたくさんの本がイストワールに集まった」

「お金は？」

「もちろん、一円も発生していない」

「そんな、そんな夢みたいな話があるわけ……」

「夢みたいな話じゃなきゃダメなのよ。イストワールは、物語を愛する人の夢なのだから」

それが現実に存在する。これ以上の幸せは、作者にとっても、読者にとってもない。と、文弥子は語った。

「ここにあるのは、商業で売れることを無視して、誰かの心に、あなたの心に届くようにと、作者の強い想いが込められた本ばかり。だから、読む人によっては、全く面白くないかもしれない。時には傷ついてしまうかもしれない。万人に向けられた本ではないから、それなりのリスクを伴う」

晃司がさきほど話に出した「一人の人生を変えるより一万人を感動させる」という商業論の、真逆の意見である。

「そのリスクを減らすために、私がいるの。一人の読者と、一人の作者と、一つの物語を結びつける仕事。それが私の、司書としての役目だから」

文弥子の瞳の中で、本を司《つかさど》る者としての炎が揺れる。

一人の読者と、一人の作者と、一つの物語を結ぶ彼女の書棚には、いったいどれほどの本が並んでいるのだろう。

そしてその中から、どのようにして本を選んでいるのだろう。

一人の読者のために。

晃司はさきほど大池に言われた言葉を思い出す。

『君は、贈り物を選ぶ時に、相手が確実に喜ぶものでないと選べないタイプのようだね』

彼の読書歴と、趣味嗜好という情報がなければ、たった一冊の本さえ選べなかった。確かに、晃司は失敗を恐れるあまり、何かを提案するということが苦手だ。

人としても、作家としても、だ。

「一万人にわかってもらえなくていい。ただ一人の、『この本が欲しい』に応えたい。そして作家は、その一人のために語りかけよう。そんな思いを胸に、みんな次々と原稿を上げてくれた。プロの活動に疲れた作家も、まだプロの苦悩を知らない若者も、一人の心に届けばいいという気持ちで、物語を書いた。みんな、何が売れるか、何が良いものかなんて、あんまり考えてなかったらしいわ」

ただ一人のために書く本。

そんな本、本当に書けるのだろうか？

「きっと、書けるよ。晃司くんが作家である限り」

廃業宣言をしなければ、作家はいつまでも作家なのよ。と、文弥子は言った。

「そうだ。私の話が嘘じゃないって証拠、見せてあげるね」

思い出したように手を叩き、文弥子は司書台——といってもここのはただのテーブルだが——の引き出しを開け、その中から一冊のアルバムを取り出した。

「あらら」

はらり。アルバムから、一枚の写真が舞い落ちる。晃司の足下に。

晃司はそれを拾い上げ、文弥子の言う「証拠」を確かめる。

「これ、まさか……」

その写真の真ん中には、晃司の祖父が写っていた。肩を組んでいるのは、文弥子の祖父、園川啓治《けいじ》だろう。

その二人を囲むように、数名の男女がみな祖父たちのように満足そうな笑みを浮かべてこちらを見ている。祖父の隣に写っている眼鏡をかけた女性は文弥子に似ている気もするが、別人だ。

　だが晃司は、その隣で彼女の肩を抱いて笑みを浮かべる、ある女性を見て絶句した。

「ファンならわかるでしょう？」

　そんなの当たり前だ。

「木村サヤカだ！」

　その写真には、若き日の木村サヤカが写っていた。木村サヤカは見た目も美しい女性なので、作家の中でも比較的、メディアへの露出は多い。当然、晃司もその顔を知っている。

　だが、メディアに公表される木村サヤカの写真には、ある共通点があった。

　それは、笑顔がないこと。木村サヤカの現実的かつ、もの悲しい作風に合わせてか、これまで新聞や雑誌などで笑顔を見せたことが一度もないのだ。

「彼女が笑っている写真なんて、初めて見た。まるで別人みたいだよ」

「きっと、幸せだったんじゃないかしら。ただ小説を書いているだけの日々が」

「この写真、どのくらい昔の写真なんだ？」

「私が晃司くんと出会ったばかりの頃かな。ほら、木村先生と一緒にピースしている可愛い女の子、見覚えない？」

「いや、ちょっとわからないな……」

「もうっ、晃司くんのばか。それ私よ、私」

晃司と一緒に写真を覗き込んでいた文弥子が、肘《ひじ》で小突いてくる。

「文弥子、君……木村サヤカと面識があるのか⁉」

「昔の話よ。この頃はまだ作家志望のアマチュアだったわ」

「すごい！　貴重な写真だ」

「もっと驚かせてあげようか？」

「し、心臓が止まらない範囲で」

「玲花さん——木村サヤカは、イストワールの初代『司書補』だったのよ」

「な……」

それはつまり、今の晃司と同じ仕事をしていたということか。

「この事実を知っている常連さんは、数えるほどしかいないわ。晃司くんはプロの作家さんだし、俊明《としあき》さんのお孫さんだから、特別に教えるのよ？」

「嘘みたいだ、こんな……こんなことが現実に……」

一枚の写真が証明する、イストワールの歴史に隠された事実。

この世に運命というものが実在するならば、晃司はその歯車の一つとして加わったのだろうか。

今はまだ、わからない。

だが、自分が目指していた作家が、一万人どころか十万人、百万人を相手に戦ってきた作家が、たった一人のために書いた本。それを今、晃司は手にしている。

「運命でも、偶然でも、奇跡でもない。晃司くんは、作家としての力を持っているから、ここに来た」

作家として、ここに。

「お話を書ける。それだけですでに特別な力を持っている。おじいちゃんもお母さんもお話を書くことができたけど、お父さんと私にはできなかった。一万冊の本を読んでも、その中から一冊を選んで相手の共感を誘うことができても、私には本を書くことはできない」

「でも、今の僕は本どころか感想文も書けやしない」

「大丈夫。晃司くんは、人と話すことができている。少なくとも私は、晃司くんと話していて楽しいし、面白いし、幸せよ」

今度は、文弥子だけが頬を染めなかった。言われて照れくさいのは晃司だけ。言ったほうは鼻歌まじりにまた司書台の引き出しをごそごそ漁って、一冊のノートを取り出した。

「それは？」

「これ？　これは、なんていうか……裏メニュー専用の貸し出しノートみたいなものよ。

利用したお客様には記帳してもらってるの」

「なるほど、表の貸し出しノートとは別にしているのか」

「そういうこと。さあ、随分長いこと話し込んでしまったわ。大池さんがまた変な一人芝居を始めていたら大変だし、そろそろ戻りましょう」

「それもそうだね。文弥子、ありがとう」

「その台詞《せりふ》はさっきも聞いた」

「いや、話を聞いてくれて」

「ふふ、どういたしまして」

晃司と文弥子は、本とノートをそれぞれ抱えて、秘密の地下書庫の階段を上がる。

先を行く文弥子の、左右にふりふりするお尻から目を逸らし、晃司はほんの一瞬だけ、文弥子が写真やノートを取り出したテーブルのほうを振り返る。

「えっ」

今、誰かがいたような気がした。が、誰もいない。

「晃司くん、電気消すよ？」

「あ、ああ」

幽霊なんて信じちゃいないが、これだけ多くの本が集まる場所だ。何が起きても不思議じゃない。作者の想いが詰まった場所。いつか晃司も、ここに想いを込められる日が来るのだろうか。

扉を開け、司書台裏に戻る時、晃司は地下書庫のほうから「ありがとう」と言われたような気がした。

その日の夜。午後九時を回り、閉店後の作業もあらかた片づいた頃。

お客のいなくなったイストワールの店内、窓際のテーブル席で、晃司は文弥子に貸してもらった木村サヤカの『今日うちの猫が死にました』を読んでいた。

「お疲れ様」

いれたてのコーヒーを両手に、文弥子が晃司の向かいへ腰掛ける。

「さっそく読んでいるのね。うちの裏メニュー」

「まだ読み始めたばかりだけどね。でもすごいよ。すらすら読める。ところどころ誤字脱字があるっていうのに、全く止まらない。いや、木村サヤカはもともと地の文を引っ張って長文を読ませるのが上手いから、単純に文章力が高いっていうのもあるんだろうけど、なんていうか気合いを感じるね」

「気合いって、なにそれ」

「書店で売っている彼女の本より句読点が少ない。最初の一文から筆が乗っているってのがわかるよ。いい意味で、整えられていない」

「一応、校正まで自分でやっているはずなんだけどね。あえてそのまま、っていうところも必ずあるはずだわ」

編集者も校正も入っていない、正真正銘の、作者だけが書き上げた本。考えてみたら、商業の世界ではそれはあり得ない。

「内容はどう?」

「僕は動物を飼ったこともないし、恋愛もしたことないからよくわからないけど、素人が勢いだけで書けるような文章じゃないってことはわかる、かな」

「万人ではなく一人向けの本だからね。晃司くんが望むなら、私がたっぷりと時間をかけて選んであげるけど? 晃司くんにぴったりの本を」

「いや、いいよ」

「即答なのね」

晃司にぴったりの本。全ての作品を読んだ文弥子なら本気を出せば、すぐに見つかるだろう。リクエストを出せば、面白い本を選んでくれるかもしれない。

だが晃司は、文弥子に「おまかせ」はしたくない、というのが本音だった。

晃司は、『書けなくなった作家へ』という本を選ばれるのが、怖いのだ。

「ところで、大池さんに貸した本はどんな内容だったの？」

「財産を失った男が、そこから怪しい宗教にハマって友人をなくし、暴力に走った結果警察のお世話になり、ろくでもない死に方をする、大人向けなお話」

「その本を選んだ理由を訊いても？」

「もちろん」

晃司は読んでいた本をテーブルに置き、文弥子が用意してくれた砂糖入りのコーヒーを口に運ぶ。いつもはカウンターで残りの雑務をこなしている千里も、今日は早めに仕事が終わったのか、一足先に二階へ上がったのだろうか。姿が見えない。

店内には、文弥子と晃司の二人きりだ。

「大池さんはね、ついこの間、会社を潰してしまったの」

口に含んだコーヒーを文弥子の顔面に噴きかけるところだった。

「私もあまり詳しい情報は知らないんだけど、自分のミスで大きな損失を出してしまったみたいで、とても責任を感じていたわ。最初ここに来た時は、今とは全然違ったんだから」

「かなり落ち込んでたってこと？」

「うん。相当病んでたみたい。最初のうちは、深入りするのもどうかと思って特に触れなかったんだけど、ある時急に泣き出しちゃってね。それも静かに、しくしくと」

「えっ、泣き叫ぶとか歌い出すとかそういうんじゃなくて？」

「ううん。こう、座ったまま、両膝に手をついてね、じっと下を向いてるの。気になって千里が見に行ったら、歯をぎりぎり食いしばりながら泣いてたんだって。本も読まず、何時間もそうしている彼を見て、私もほうっておけなくなっちゃって」

「それは、見ていられないな」

「判断が難しいところだった。今は何も話せないだろうなっていうのもあったし、話せたところで拒絶されることだってある」

確かに。晃司も、一番へこんでいる時は、誰とも話したくなかった。

仲のいい友人がいるなら違うのだろうが、あいにく晃司にはそのような相手はいない。だから、ひたすら自分一人で耐えるしかなかった。

「でもね、そんな泣き虫の大池さんも、たまに顔を上げる時があったのよ」

「それはどんな時？」

「コーヒーを飲む時」

そりゃ、俯いたままコーヒーなんて飲めないだろうけど。

「どうしようもなく落ち込んでいるのに、しっかりコーヒーは味わってくれるの。これって、意外とできないことだと思うのね。喫茶店って、席料代わりにコーヒーを頼む人もいるから」

「う、僕も原稿やってる時はそんな感じかも……」

この話を聞いて、晃司はあの風変わりな男に対する考え方が変わった。自分で自分のことを「紳士」と言うのも、ふざけているだけかと思っていたが、実際のところ、筋の通った考えがあるのだろう。晃司ならきっと、涙を流すくらい落ち込んでいたらコーヒーのことなんて忘れてしまう。

「それに大池さんは、カップが空いたら必ずおかわりを頼んでくれた。私たちのことなんて見向きもしないのに。一番安いブレンドを、だいたい一時間に一杯。それを見て、この人にはサービスやホスピタリティという概念が伝わると思った。だから私は、接客という切り口なら彼と話をできると判断したの。貸し本の話をね」

「そうか、サービスということで貸し本の提案をすれば、不自然じゃないね」

「彼は『タダで本を借りるなんてできない』と言ったけど、コーヒーの料金に含まれている、と返したら納得してくれたわ。そしてあの本を貸した」

「でも普通そこは、弱った人を励ますような本を選ぶんじゃないの？」

「彼の話し方を見て、この人は他人に励まされるよりも、自分が秀でているという自信を自ら増幅できたほうがいいんじゃないかと思ったのよ」

文弥子はカップを口に運び、ふう、と一息をつく。そして、丁寧にソーサーの上へと戻す。重さに逆らいながら、音を立てずに。

「人を見下すことをしない。他人を否定しない。でも自分を信じている。そんな彼があの本を読めば、『自分はまだ大丈夫』とか『自分はこうならない、なりたくない』っていう気持ちが、自立を促すのではないかと考えた。私は賭けた。彼の人間性に」

わたしはかけた。

賭けたのか、書けたのか？

彼の人間性に。と言っているので、この場合は「賭けた」だ。だが、賭けに出る人間がこんなにも清々《すがすが》しい目をして「賭けた」と言うものなのだろうか？

文弥子を包み込む、自信とも決意とも取れる、晃司には理解し得ない不思議な力。その正体は何だろう。彼女を支えるのは、何だろう。

ダメだ。なんでもかんでも広げすぎた。誰にオッケーをもらうためでもないのに、晃司はつい答えを探してしまう。

「難しく考えることはないのよ。ほら、本の貸し借りって、普通に友達同士でもするじゃない？　お金じゃなく気持ちでするものだから、感覚に頼る部分も多いの」

「確かに。仕事として根《こん》を詰めすぎるのも良くないからね」

「貸した本を気に入ってもらえたなら、これもどうかな？　って次の本を貸すわよね。親しい仲ならリクエストを出し合えるし、親しくない仲なら大切な本を貸してくれるだけで嬉しい。だから晃司くんも、そんなにカタく考えずに、相手を想って、自分の思う本をおすすめする。それでいいんじゃないかな」

　本当に、彼女には何でも見透かされているようだ。

　晃司が悩む直前に、重い鎖が四方から晃司を縛りにかかる寸前で、その鎖を振り払ってくれる。地に落ちた鎖を手にするのも、そのまま見捨ててしまうのも、晃司の自由だ。新たな鎖で縛りつけてくる編集者たちとは違う。

　これが、助言というものなのだろうか。その答えはまだ出ない。

「実は、こんな話をするのはね、晃司くんに自慢したいことがあってなの」

「自慢？」

「ちょっと待っててね」

　自慢だなんて、文弥子にしては珍しい。そう思いながらも、るんるんと腕を左右に振って司書台に戻っていく文弥子の後ろ姿を追う。そして司書台の引き出しの中（晃司はこれを『文弥子ボックス』と呼んでいる）からこれまた文弥子にしては珍しいキャラクターものの紙袋を取り出して、ぱたぱたと小走りでこちらに戻ってくる。そんなに走っちゃ危ないよ、と言いたくなるぐらい、文弥子にしてはなかなかの速度が出ている。たぶん晃司が見た文弥子の移動速度の中ではトップスピードだ。晃司の早歩きぐらいはある。

「じゃーん。これ見て」

ピンクの蝶々《ちょうちょう》を両目につけた怪しげな猫のキャラクターが描かれた紙袋の中から、大切な宝物を取り出すように文弥子は一冊の本を取り出した。

それも、ただの本じゃない。漫画だ。恋愛ものの、少女漫画である。

「少女漫画？　文弥子にしては珍しいもの持ってるじゃないか」

「有輝ちゃんが貸してくれたの」

「へえ、ずいぶんと仲良くなったんだな」

ここ二、三日、文弥子は中西のことを「有輝ちゃん」と呼んでいる。そして中西もまた文弥子のことを「アヤコちゃん」と呼ぶ。

晃司も文弥子から聞いて知ったのだが、なんと二人は同い年だったらしい。

中西は専門学校に通う二年生で、十九歳。四月上旬で誕生日を迎えめでたく二十歳になった文弥子と学年が一緒だ。

初日の件があるのと恐らく本人が気にしているので絶対に口には出さないが、ぶっちゃけた話、この二人が同い年には見えない。

「このお話はすごいわよ。男の子がね、みんな『イケメン』なの」

「驚いた。君もそんな言葉使うんだな」

「学んだのよ。この漫画で」

少女漫画で若者の言葉を学ぶ若者なんて見たことも聞いたこともない。

「このキャラクター、カッコいいわよね。ちょっと晃司くんに似てる」

文弥子は少女漫画の表紙に描かれているやたらと前髪がサラサラした少年を指さして言った。随分と浮かれているようだが、全然似てない。

漫画の表紙の中から爽《さわ》やかな笑みを浮かべる美少年にうっとりしている文弥子。

「私、女の子向けの漫画なんて小学校以来読んでなかったから、すごく新鮮。新しい何かが開けるっていう感覚は、こういうことなのね」

「中西さんみたいに漫画は読むけど活字を読んだことがないって人はよくいるけど、その逆はなかなか珍しいよね。女の子って漫画か芸能人の話ばかりしてるイメージがある」

「ねえ晃司くん、この『イケボ』って何だと思う？　イケメンがイケてるメンだから、イケてるボウイってことかしら？」

それはたぶん違う。が、面倒なので突っ込まない。

「晃司くんはイケボね。どっちかっていうと美少年系だし」

夢中になって漫画のページをめくる文弥子は、今までとどこか違う。それが良いとか悪いとかいう話ではないのだが、彼女の言うように「新鮮」であることは間違いなかった。

だが、それもどうなのだろう。

見た目とか口ぶりはお世辞にも若々しいとは言えないが、文弥子だって正真正銘、二十歳の女の子だ。ついこの間まで十代だった文弥子は、少女漫画やテレビドラマに夢中になって、友人たちと恋について語らうのが、むしろ自然なことなのではないか。

そういうものに興味がない。というわけでもなさそうなのに、どうして今になって、イケメンだとかイケボだとか中高生が多用する言葉を使いたがるのだろうか。

気にしすぎかもしれないが、なんとなく、無視できない。

たった一冊の少女漫画が、一万冊を読み込んだ文弥子の何かを変えたのは間違いないのだから。

「文弥子、もう遅いし、お互い続きは部屋で読むことにしよう」

「そうね。あ、晃司くんお風呂どうする？　私、先に入っちゃっていい？」

「それは構わないけど、一つお願いがあって」

「一緒に入るっていうのは、さすがに無理よ？」

「そんなんじゃないよ！」

「うそ。お願いって？」

「地下書庫の鍵を貸してほしいんだ」

　変化が起きたのは、文弥子にだけではなかった。

「鍵をどうするの？」

「本を、読みたいんだ」

　まさか、自分が本を読みたいと言うなんて。

　イストワールに来た時、「本あります」の文字を見るだけで、ドアを開けるのも躊躇《ためら》っていたのに。

「あの地下書庫にある本をもっと読みたい。作者が一人の読者に書いた本を、もっと読んでみたいんだ」

　それは、嘘偽りのない、晃司の言葉。

　読者としての、晃司の言葉だった。

「いいよ」

　思ったよりあっさり許可してくれたので、晃司は拍子抜けする。

「使い終わったら、私の部屋のポストに入れておいて」

「わかった。ありがとう」

「いいのよ。晃司くんはもうイストワールの住人だもん」

肌身離さずにいた地下書庫の鍵を首から外して、文弥子は晃司に手渡した。

晃司はその鍵を、大事に大事に、自分の首から提げる。それを見ていた文弥子は満足そうに「きっとあの子たちも喜ぶわ」と笑った。

晃司は鍵を手に入れた。

秘密の地下書庫を開ける鍵だ。

この鍵で、晃司はいくつの扉を開けることができるだろう。たとえ一万冊の本を読んだとしても、晃司にぴったりの本が見つかる保証はない。もちろん、晃司が文章を書けるようになるきっかけも、摑めないかもしれない。

だが、晃司はすでに鍵を手にしている。物語は、もう始まっているのだ。

「おやすみ、晃司くん」

晃司がしばらく地下書庫から出てこないと踏んでいるのか、文弥子は少し早めの「おやすみ」を晃司に告げ、中西から借りた漫画を抱きかかえながら階段を上がっていく。

晃司は誰もいなくなった店内を見回し、立ち上がる。

いつも文弥子が座っている司書台の前へ。

カーテンを開ける。暗い。手探りで扉の鍵穴に鍵を差し込む。

「ん？」

そのとき、背後から誰かの視線を感じた。昼間、書庫から出る時に感じたそれと似ている。晃司はゆっくりと後ろを振り返るが、誰もいない。

あるのは、一枚の絵。あの白いワンピースの女性だ。万年筆を握り、束になった原稿用紙に文字を走らせながらも、こちらを向いている。

「あなたは、どこを見て書いてるんですか？」

晃司は絵の中の女性にそう語りかけ、すぐにまた背を向けて地下書庫への扉を開けた。

あの絵のモデルが誰なのかはわからないが、少なくとも文弥子ではない。文弥子がいくら大人びてるとはいえ、絵の女性はさすがに二十歳というわけではなさそうだ。文弥子よりもいくつか年上。千里ぐらいの年齢だろうか。

ああでも、文弥子の最後のあれは、ちょっと絵の女性に似ていたかもな。と晃司は数分前のことを思い出す。

「きっとあの子たちも喜ぶわ」

本のことを「あの子たち」と呼ぶ文弥子は、間違いなく二十歳には見えなかった。

私は彼とお付き合いをすることになった。

この喜びはね、文章なんかじゃそう簡単に表せないわ。もう、ずっと彼のことばかり考えるようになって、読書もあまりしなくなったし、勉強にも身が入らなくなったわ。

でもね、別にそんなことどうだって良かった。

彼氏彼女になったって、特に変わったことなんてなかった。うちは電話を使うのにお店に出なきゃいけなかったから、休みの日もなかなか電話をしようっていう気になれなくてね。手紙でやりとりしていたの。

家で手紙を書いて、学校で、こっそり渡す。

私、彼が手紙を受け取る時に「ありがとう」って笑うのがすごく好きで、毎日気合いを入れたお手紙を書いたのよ。

最初は一枚。

彼が「文章書くの上手だね」って誉めてくれるようになってからは、三枚。

書いている間は、彼の顔がずっと頭から離れないから、いくらだって書けた。私たちは、そんなふうにして、中学生らしいお付き合いをしていたの。デートも、したことなかったな。

「あのさ、君って、付き合ってる人いる？」

夏休みが終わって、二学期が始まってから、私は男の子から声をかけられることが多くなった。

これは大切なことよ。よく覚えておいてちょうだい。

男の子に「好き」って言われたら、その人の気持ちだけを考えてはダメ。私は、これで大失敗したの。

自分で言うのも何だけど、夏休みが明けて、髪を伸ばすようになってから、私は男子の間で噂になっていたの。悪い噂ではないわ。むしろ逆で、可愛いとか、美人とか、付き合いたいとか、私のことを良く言ってくれる男子が現れ始めたの。

もちろん、告白をされれば断った。だって、私には大好きな彼がいたんだもの。嬉しかったけど、「彼氏いるのでごめんなさい」って、何度も頭を下げた。

間違ったことをしたわけじゃない。うやむやにするのはかえって失礼だし、変に期待させておいて私が彼にゾッコンだって知ったら、私を好きだと言ってくれた男の子もショックが大きいから。私はけっこうハッキリ断ってきた。

「お前さ、最近調子乗ってんな」

いつもどおり、彼に手紙を渡しに三年生の校舎へ行った時、それは起こった。

「あの、私、ですか?」

「そうだよ。調子乗ってるブスなんてお前以外に誰がいんだよ」

髪を染めた三年生の女子が、廊下に座り込んだまま私を「ブス」と言った時、全てを悟った。

これは、今この場だけ、私だけの問題に留まらない。と。

学年を問わず色んな人の申し出を断ってきた私には、女子の集団攻撃という学校で一番怖いものが降りかかった。

もちろん、一人ぼっちでいるのは平気だったわ。彼と会う前は、私も彼と同じように教室の隅っこで本を読んでいるだけだったし、大人数のグループに入るのって正直イヤだったから。

でも、一度始まると疫病のように広がるのが女の子のウワサ。

初めて先輩に絡まれた日の翌日には、クラス中の誰もが私と目を合わさなかった。

これか。

これが、小説には書いてない、恋物語の現実か。

どこを歩いても、自分の半径一メートル以内にしか明かりが点っていない。そんな感じだった。顔を上げたって、どうせ周りは闇。だったら俯いて、これ以上嫌なものを見ないようにしよう。

そうやって私は、校則違反だとわかっていながら髪を下ろし、ずっと下を向いて、本を読んで、手紙を書いて……たまにちょっぴり泣いた。

なぜなら、教室から出るのが怖くて彼に手紙を渡しに行けなかったから。

こんな時くらい、歩み寄ってくれてもいいじゃない。

手紙まだ？　でも、なにかいい本あった？　でも、なんでもよかったのに。

彼は一度も、私の半径一メートル以内に近づいてくれなかった。

何よりも、それがつらかった。

どうしてだろう。こんなことになるなら、今までどおり一人で本を読んでいたほうがマシだったのに。

以来、私はずっと下を向いて、心を閉ざして、本の世界にのめり込んだ。

彼への手紙は、書くのをやめられなかった。

たくさんの便せんが、引き出しの中に山積みになっていった。

足りないと感じた私は、原稿用紙に終わりの見えない手紙を書き始めたわ。

彼は、そのまま卒業してしまった。

私はね、不器用で臆病なあなたの気持ち、わかるよ。

引き出しの中

土曜日は本当にヒマだった。

東京で、土曜が一番ヒマな飲食店なんてあるのだろうか。そんな疑問にお答えするのが、ここイストワールである。

土曜日だけは午後三時開店。お客もスタッフもゆとりある開店時間のはずだが、いつも三時になだれ込んでくる常連客たちの姿は見えなかった。

だが、このヒマな土曜日に救われた司書補が、間抜けな欠伸《あくび》を一つ。

「晃司《こうじ》くん、目の下にすごいクマできてるよ」

恥ずかしながら、久しぶりに徹夜した。開店時間が遅いのをいいことに、晃司は朝の八時まで地下書庫にいたのだ。仕事だというのに、よろしくない。

晃司は昨晩、何かに取り憑かれたように本を読んでいた。イストワールの裏メニューである同人誌を、手当たり次第に読んだ。一冊あたりの文字量が少ないものが多いので、次から次へと話が流れ込んでくる。作者を変え、物語の系統を変え、仕舞いには目をつぶって書棚から無造作に引き抜いたりして、晃司は様々な「あなた」になりきった。

幸か不幸か、今のところ晃司の心に刺さる究極の一冊には出会っていないが。

「文弥子《あやこ》、僕、今なら書けそうな気がするよ」

「とてもそうは見えないけど」

ふらふらと、司書台に寄りかかるように、文弥子に近づく。高い所にいる者の余裕なのか、今にも倒れ込もうとしている晃司を見ても文弥子は別段焦る様子もない。

「試しに書いてみる?」

「いいとも。直木賞クラスの小説を書くよ」

「まあそれは楽しみ。じゃ、ここに書いて」

文弥子は司書台の引き出し(通称・文弥子ボックス)の中からB5サイズの小さな原稿用紙を取り出し、それを司書台に置いた。「書くものを」と晃司が追加注文したので、文弥子はまたごそごそと引き出しの中を漁り、ほぼ新品のゲルインキボールペンを見つけ出すとそれを晃司に渡した。やけに準備がいいのが気になるところだが、『文弥子ボックス』の中から出てきたのなら何が来ようと勘ぐってはいけない。この間なんて眼精疲労に効く漢方薬と充電池つきのMDプレイヤーが同時に出てきた。何度も開けて楽しめそうな引き出しであるが、利便性や機能性には今一つ欠けるのが『文弥子ボックス』の特徴だ。

「タイトルは……」

ペンを手に、司書台に置かれた原稿用紙とにらめっこする。段差に登ってはいるが、それでも背伸びをしてふくらはぎを硬くしながらでないと司書台には届かない。

「足がつった」

もちろんこれは作品タイトルなどではなく、単に運動不足の晃司の足が限界を迎えただけである。

「すみません書けませんでした」

「はいそんなのわかっていました」

足を痛めたせいでその場で丸くなる晃司。そんな晃司を、頬杖をついて見下ろす文弥子。

お客が一人もいないせいで、営業中でも完全に気が抜けている。

「あれ、わたし、もしかしてマズい時に来ちゃった?」

晃司が司書台の下で跪《ひざまず》いているところへ、本日のお客様第一号が現れた。

「有輝《ゆうき》ちゃん、いらっしゃい」

中西《なかにし》だった。

「アヤコちゃん、あの、晃司さんと何かあったの?」

「大したことじゃないわ。晃司くんがちょっと寝不足でおかしくなってるだけ」

「なんで寝不足?」

「本を読んでいたからですって」

「それは自業自得というやつじゃない?」

「いらっしゃいませ中西さん。どうぞお席へ」

晃司はなんとか立ち上がって、無理矢理に接客スマイルを作る。

「あ、今日はこのままバイトなんです。本を返しに寄っただけで」

中西はバッグの中から木村《きむら》サヤカの『書庫隠れの民』を取り出して、晃司に見せる。

三百五十ページの長編だ。五日でよく読んだ。と晃司は感心した。

「有輝ちゃん、どうだった？」

「さっぱりわからなかった」

文句のつけようのない、潔《いさぎよ》い感想コメントであった。晃司の読みは外れたようである。

「でも、途中に出てきたパン泥棒の名人とか、親友に濡《ぬ》れ衣《ぎぬ》を着せられて逮捕されちゃう医者とかの視点に切り替わるところは感動したよ」

「あ、それ私も好き」

「だよね？　どっちも仲間に裏切られちゃうのに、本人たちはそれでも自分の行いに後悔をしないところがすごいと思った」

「友情とか信頼という言葉で表すことは簡単だけど、人同士の絆《きずな》って必ずしも同じ強さで引っ張り合っているわけじゃない。両想いでも片想いでもない不安定な関係で人の世は回っている。ってエピソードね」

「すごーい。アヤコちゃん、なんだか国語の先生みたい」

木村サヤカの本を囲んで、乙女の談笑が書架に響き渡る。この店にぴったりの光景だ。

晃司の予測は外れたけれど、彼女が二冊目の木村サヤカを読み終えて、笑ってくれているのならそれでいい。本の感想はどうであれ、晃司は一人の読者に一つの物語を提供することができたのだから。

「ところで有輝ちゃん、このあとバイトって、いつもより早くない？　前は六時から夜中の十二時くらいまでじゃなかった？」

「あ、それなんだけど……」

さっきまで笑顔だった中西の表情が途端に曇った。それを見た文弥子も、司書台の上に乗せていた両手を静かに組み替える。

「辞めちゃったんだ。実は」

「辞めた？」

「うん」

「じゃあ今日は新しいバイトなんだ？」

「そう。初出勤なの。五時からだけど、少し早めに行かないといけないから」

「新しいバイト先はこのあたりなのね」

「そんなに近くもないけど、本町《ほんまち》のほう。メイプルってファミレスあるの知ってる？」

「知ってる。子供の頃たまに行ってたわ」

「そこで働くことになったの。前の職場は、新しい店長さんが来て、あんまりシフト入れなくなっちゃってさ」

「掛け持ちじゃダメだったの？」

「別にダメじゃなかったけど、他にも事情があって」

「あ、ごめん。別に事情を知りたいってわけではないのよ？」

「ううん。正直、聞いてほしいっていうのもあるかな」

いつも明るい中西が、珍しく落ち込んでいる。何か嫌なことでもあったのだろうか。

「実は、その新しい店長さん、女の人なんだけど……わたしの彼を好きみたいで」

「あ……」

と声を漏らしたのは、文弥子だった。中西の、最初の一言だけで「事情」とやらの見当がついたのか、何かを察したような顔だった。

「なんかさ、わたしもびっくりするぐらい仲がいいのね。いや、別に同じ社員同士だから仲が良くて当たり前なんだけど」

「彼も社員？」

「うん。社員にしかわからないこととか、話せないことってあるじゃない？　だから二人で遅くまで残ったり、飲みに行ったりするのも普通で、わたしはそこに入っていけない。かといって、二人の間柄をどうこう聞くわけにもいかないし……」

聞けないし。

と中西はぼそりと呟《つぶや》く。

「ハッキリさせたいとかそういうんじゃないの。むしろ彼に気を遣わせたくないから、わたしがこんなふうに悩んでるって知られたくなくて」

「でも、それじゃ有輝ちゃんがつらいだけだわ」

「そうなんだよね。あれこれ想像しちゃって、どんどんネガティブなほうへ考えちゃう」

「わかるわ」

「……ありがとう」

ちょうど、文弥子の「わかるわ」から奇妙な間が生まれた。ただ黙って話を聞いていただけの晃司だからこそ感じた間なのか。

楽しい話で盛り上がっている時の二人とは、どこか違う。

「まあ、きれいさっぱり辞めてやったから多少はラクよ。二人が一緒にいるところを見なくて済むんだから」

「前の職場って、家の近くじゃないの？　気まずかったりしない？」

「それなら大丈夫。近いけど、大きな商店街の中だから人もいっぱいだし。その店に入らなければ職場の人と会うこともないよ」

「もしかして、北町《きたまち》商店街のことかしら？」

「そうそう。わたし、あそこを抜けたところに住んでるの」

「便利なところに住んでいるのね。私はあんなに人がたくさんいるところ近寄りたくもないけど」

臭いものを嗅いだような顔をして文弥子が言う。それを見た中西は「土日なんか最悪だよね」と合わせるように表情を作った。

「コンビニがあれば不便なことなんてないし、それに本だってイストワールに来ればたくさん読めるしね」

「あれ、中西さんって本屋でバイトしてたの？」

これに食いついたのは晃司だ。

「本屋っていうか、レンタルショップですよ。私の担当はレンタルだったので、本を売った経験はないんです。彼は、書店コーナーの担当なんですけどね」

「なるほど。それで彼氏さんに木村サヤカを勧められて読んでみたってわけか」

「そういうことです」

徐々にいつもの調子を取り戻す中西。それに比べて、文弥子のほうはやや大人しくなっている。仕事中の時もそうだが、文弥子は自分以外の誰かが会話している時は基本的に割り込んで入ったりしてこない。

この件、中西が晃司と文弥子の二人に恋愛相談を持ちかけたことに関しても、きっと文弥子は気を遣って晃司と中西の二人にも話をさせようとしているのだと、晃司は思ったのである。

ところが。

「それじゃ、わたしはバイトに行くね。月曜は学校のあとにすぐシフト入ってるから、たぶん来られないけど。また来るね」

「うん。またね有輝ちゃん」

中西がイストワールから出ていった直後、文弥子はここ数分間の妙な沈黙の理由を、晃司にだけ明らかにした。

「なんとかしてあげたいわ」

それは、夕方になって吹き始めた風の音にかき消されそうなほど、かすかな声だった。

「貸してあげたい？　本を？」

「違うわ。なんとかしてあげたい、と言ったの」

司書台の上から、中西が去ったほう、本町方面のバス通りへ続く細い道を見据えて、文弥子は言った。

「なんとかしてあげたいって、中西さんのこと?」

「そう」

「どうするのさ?　中西さんは、彼に気取られたくないって言ってるんだし、難しいよ」

「それはそうなんだけど、なんだか有輝ちゃん、すごく無理してる感じがして、見ていてつらいの」

「そんなに?　確かに、悩んでいるようには見えたけど、すごく無理してるってほどじゃないように見えたけどな」

「いいえ」

文弥子は晃司の意見をきっぱりと否定する。今度はしっかりと、晃司に伝わるように力強い声で主張する。

「きっと有輝ちゃんは、このことを言うために今日ここへ来たんだわ」

随分と自信ありげだ。どこにそんな根拠があるというのか。

「だって、本の返却期限は月曜だもの」

その証拠に、『書庫隠れの民』も、大事なところが頭に入っていなかった。と文弥子は言う。

晃司には全く思いつかないことだった。司書ゆえの発想なのか、それとも中西と親しい関係にあるからなのか。

「晃司くん、あのお話のラスト、そのちょっと手前のシーン、覚えてる？」

「覚えてるよ。短いけど、木村サヤカにしてはストレートに表現している場面だ」

何度も読み返した本だ。詳細な描写まで思い出せる。

「パン泥棒も濡れ衣を着せられたお医者さんも、仲間からの手紙を読んで自分の行いは正しかったと涙を流す。そんなシーンを、有輝ちゃんが『わからない』と言うはずがない。きっと彼女は、あの数行を読み飛ばしてしまったのよ」

文弥子は司書台から降りて、引き出しの中に仕舞っていた少女漫画を手に取った。

そして、パラパラとページを捲《めく》る。

「続きが気になるわ。この漫画の主人公は、二巻でどんな行動に出るのかしら」

土曜の夕方。相変わらず客のいないイストワール。司書は司書台から降り、カップを磨いていたはずのバリスタは客席に座って堂々とコーヒーを飲んでいる。

司書補は司書の真剣な眼差しの向く先が、本町方面のバス通りから、白いワンピースの女性に変わっていることに気づく。絵画の中の美女と、司書の美女が見つめ合う。同じ黒髪の女性が、言葉も交わさずにただ目を合わす。

やがて、司書は白いワンピースの女性から視線を外し。

今度は――北町商店街のほうを向く。

「晃司くん、明日はお休みね」

「そうだね」

「予報は曇りだけど、雨が降ることはなさそう」

一万冊を読んだイストワールの司書は、一冊の漫画本を手に立ち上がる。

「決めた」

何かを決意したように口を開いた。

「晃司くん、明日は私と、商店街デートしてほしいのだけど」

その表情は、間違っても臭いものを嗅いだような、などと言い表せるものではなかった。

＊　＊　＊

北町商店街は、イストワールを囲む三つの最寄り駅のうち、一番遠い駅前にある商店街だ。イストワールからは徒歩で二十分ほどかかる。

本町方面から北町へ伸びるバス通りに沿って歩くのは遠回りになるという理由から、晃司は文弥子の先導に従って、住宅街の隙間を縫って人気のない道を北へ西へと交互に進んだ。公園を突っ切って、長い坂を登って、川を渡る小さな橋の上に出たところで、遠くに見えるもう一つの橋を晃司が眺めていると、その橋がバス通りであることを文弥子から聞かされて、近道も案外バカにできないものだと感心した。

橋を渡るとすぐ大通りにぶつかって、駅よりも先に北町商店街が見えてくる。

大通りに面しているせいか、店舗の数も多く、商店街と呼ぶにはやや規模が大きいと感じられた。イストワールのような個人経営の喫茶店や雑貨店と、全国展開している有名チェーンの飲食店が混在している。

だが、晃司は一見して感じ取れる華やかさよりも、日面《ひおもて》にさらされていないもの悲しさを探すほうが面白いと感じるタイプである。横道、裏路地には、このたくさんの人でも数人しか気づかない、日溜まりのような場所が隠されているはずだ。晃司は子供の時からそんなふうに考えながら道を歩くのが好きだった。

「晃司くん待って」

晃司が脇道や裏路地に夢中になっていると、半歩遅れて晃司の後ろをついてくる文弥子が、とととっと小走りになる。七分袖の白いワンピースの上に羽織ったグレーのカーディガンを胸元で押さえながらも、前のめりの状態で晃司に追いついた文弥子は咄嗟《とっさ》に晃司の腕を摑んでバランスを保つ。文弥子の柔らかな半身が晃司の腕と腰に当たる。

「勝手に先行っちゃだめだからね。本当にだめよ？」

「大丈夫。文弥子からは目を離してないから」

「そ、そんなに子供扱いしなくても平気だもん」

向こうから来る人の流れを避けるように、二人はそのまま体を密着させて歩いた。腕を組む、とまではいかないが、文弥子は小さい子供が母親の服を摑むように晃司の二の腕あたりを甘く摑んでついてくる。地下書庫の階段を降りる時はあんなにすたすたと先を行ってしまうのに、この人混みに出くわした途端に、一歩先も見えない暗闇を歩いているような慎重さを見せるのが何だかおかしくて、照れるのも忘れてしまった。

よく考えてみたら、プライベートで女の人と二人きりでどこかに出かけるのは、初めてのことだ。

「すごい人……私、酔いそうだわ」

「そんなに人混みが苦手なら、なにも一番人のいそうな時間を選んで来なくても良かったんじゃないかな」

時刻は午後三時。朝から遊んでいる人とこれから遊ぶ人と何の気なしに迷い込んでしまったヒマな人が同時に存在する、まさに商店街のピークタイムだ。

「せっかくのお休みなんだから朝はゆっくりしたいじゃない」

　これが文弥子の言い分らしい。

「じゃあ夜になってから来るとか」

「せっかくのお休みなんだから夜はみんなでご飯を食べたいじゃない！」

「まあ、言いたいことはわかるけど」

　日曜日は、イストワールの定休日である。一週間に一度の、朝から晩まで何もない日。イストワールに来てから働きづめだった晃司には、この休日というものがすごく貴重に感じたのだ。心身ともに程よく疲れている。健康的な生活だ。

「それに、このぐらいの時間なら早番でも遅番でもお店にいる可能性が高いでしょう？」

「それはあるね。日曜日だし、店長ならきっといるんじゃないかな」

　昨日、中西が帰ったあと、文弥子は「中西の前の職場に行こう」と言い出した。

　理由は簡単で、中西の言う『新しい店長』の恋愛事情がどんなものなのか、探れることがあれば探ってみようというのだ。

　もちろん、ただの興味本位などではない。文弥子は、本気で中西の力になりたいと思っている。だから晃司は今回の提案に乗った。

文弥子によると、北町商店街にレンタルショップは一軒しかないという。大手チェーン店ということもあり、特定は容易だった。つまり、中西の話を聞いていたあの瞬間には、文弥子はもう中西の前のバイト先をわかっていたということだ。

少女漫画を読んだ影響か、それとも中西の落ち込んだ顔を見たからなのか、きっかけはわからないが、営業中は『裏メニュー』の対応とトイレ以外に司書台から降りない文弥子が、イストワールを出てどこかへ行こうなどと言うのはよほどのことだ。ターゲットである『新店長』の本心を掴んだところで何の解決にもならないことは、さすがの晃司にもわかる。ただ、何か一つでも、中西に伝えられるいい情報があったら、それを見つけたいというのが文弥子の考えであった。

「あ」

ごった返す人の群れの中で四回ほど肩をぶつけられながらも、商店街の出口付近にようやく辿り着き、視界がクリアになってきた。

「あった。あそこだ」

文弥子が『ブックメディア』と書かれた大きな看板を見つけた。全国どこにでもある、有名なロゴ。間違いない。あそこだ。

「晃司くん、行こう」

目的地を発見するなり、さっきまで人の多さに酔っていたにもかかわらず、文弥子は急に元気を取り戻した。晃司の先を行き、一人で自動ドアをくぐって店内に入っていった。

中西の元バイト先であるブックメディアというレンタルショップは、書店とレンタルショップが一階と二階で分けられており、外から見た印象と違って、比較的大型に分類される店舗だった。

一階の書店は、ゆとりある天井の高さに対し、子供でも手に取りやすい棚を多く設置することで見通しが良く開放感に溢れている。特に、輝度の高い白色灯の店内の照明は、普段イストワールの薄暗い店内に慣れている晃司にとって、眩《まぶ》しいとさえ感じられるほど新鮮であった。外に遊びに来た、という実感が湧く。

「素敵なお店ね。明るくて、広くて、本がたくさん」

言いながらも文弥子は、店の構造よりも店員を注視しているようだった。

そう。今日の目的は、中西を悩ませている女性の店長。彼女と接触を試みることである。

「女性の店員さんばかりなのね。ちょっと意外」

「接客に力を入れているところは女性を多く採用する傾向にあるんだよ。男と女ではお客が感じる優しさっていうのが違うんだって」

「でも晃司くんだって優しいわ。イストワールで大活躍じゃない」

「活躍っていうか、僕の場合は常連さんに可愛がられてるって感じじゃないかな」

「確かに。私も千里《せんり》も、にこにこ笑って接客するようなタイプではないからね」

「言われてみるとそうだよね。文弥子ってすごく礼儀正しいのに、あんまり笑わない」

「接客には慣れているけど、対人関係に慣れていないから、かな……」

「え、なにか言った？」

「ううん。晃司くんはイケボだから可愛がられているのよ、って言ったの」

「それも違うと思うけど」

　ちなみに、文弥子は昨日からずっとイケボのことを「イケてるボウイ」だと勘違いしたままである。

「あ、ねえ晃司くん、あの人ほかのみんなと制服が違うよ」

　一階の書店コーナーで、書棚の下にある引き出しを開けて本の整理をしている女性を見つけた文弥子が、晃司の袖を引っ張った。文弥子の言うとおり、その女性は他の店員と制服の色が違う。青みがかった半袖シャツで統一されている書店スタッフの中で、一人だけ白いワイシャツにネクタイを締めているその姿は、一目で社員とわかった。

「たぶん社員だね」

「店長さんかな？」

「それはどうかわからないけど、ネクタイをしているのはあの人だけだから、可能性は高いよね。社員ってそう何人もいるものじゃないし」

「じゃあ、作戦開始ね」

きゅっと唇を結んで、文弥子は気合いを入れた。中西を悩ませる新しい店長というのがあの女性だったなら文弥子は……文弥子は……

どうするのだろう？

「そういえば、僕は君の言う『作戦』というものを聞かされていないんだけど」

「ええ、だって言ってないもの」

「だよね」

「でも大丈夫よ。昨日夜なべして考えたシナリオどおりにやれば、さり気なく店長さんの恋愛事情を確認できるという寸法よ」

その「シナリオ」の詳細を知らないから聞いているのだが、上手く伝わらなかったらしい。とりあえず、晃司は見ているだけで良さそうだ。

「じゃあ、行くわね」

「ああ、頑張って」

晃司は本を物色するフリをして、文弥子の「作戦開始」を静かに見守った。

「……」

だが、文弥子は本棚の陰から店員の様子をうかがったまま、飛び出す気配はない。

「文弥子？　どうしたんだよ、早く行ったら？」

微動だにしない文弥子の肩を、ぽんと叩く。

「ひゃっ」

首筋に冷たいものでも当てられたように、肩をビクっとさせて文弥子は晃司を振り返る。

「ちょっと、押さないでよ。今タイミング見計らっていたんだから」

「いや、行くなら早くしないと。ほら、今にも別の棚へ移動しそうだから」

「わかってる。わかってるわよ」

文弥子は再び前を向いて、「大丈夫。いつもどおり、無難に、普通に」とぶつぶつ呪文のようなものを唱え始める。どうやら、二の足を踏んでいるようだ。

イストワールの外では、こんな顔もするのか。いつもは堂々としているのに、なんだか意外だ。こういうところを見ると、年齢相応に感じられて可愛らしい。

「ね、ねえ晃司くん？　最初は、『こんにちは』かな？　それとも『ごきげんよう』？」

「すみません、が正解だね。ほら、英会話でもエクスキューズミーから始まるじゃないか」

「すごい晃司くん天才だわ。すみません、ね。すみません……すみません……」

よし。と小さく拳《こぶし》を握って、文弥子は本棚の陰から一歩踏み出し、そのまま店員のほうへ一直線に歩き出した。緊張のせいか右手と右足が同時に動いているが、不思議と変じゃない。長い髪と、ピンと伸びた背筋とマッチしてむしろ格好いい。

ってどう考えても心配なので、ここに隠れて見ているわけにもいかない。晃司も一緒についていくことにした。

「す、すみません」

声をひっくり返して、文弥子は作業中の店員に話しかけた。

さて、文弥子の用意した「シナリオ」とは、いったいどんなものなのか。

「本を探しているんですけど」

「あ、はい。何をお探しでしょう?」

女性店員は作業の手を止め、親切に対応してくれた。ショートボブがよく似合う、快活そうな女性だ。千里よりも強めのアイメイクが、大人の雰囲気を醸し出している。

「えっと、恋愛の本、なんですけど……すごく有名なやつで、映画化するっていう」

「『さよならするための恋芝居』ですね」

「あっ、それです!」

よりによってそれか。と晃司は誰にも気づかれないように軽く唇を噛む。

だが、文弥子が店員に話しかけるネタとしては、確実な選択だ。誰が口にしても不自然じゃないそのベストセラーの小説は、どこの書店に行っても取り扱いがあるのだから。

「新刊コーナーにございますよ。こちらです」

その本は、当然のように平積みされていた。店に入って最初に目に入る平台に、『本気の恋になりませんように』という主人公の名台詞《ぜりふ》でもあり作品のキャッチでもある文言とともに主演女優の『人を好きになることの意味を考えさせられました』という抽象的すぎるコメントが大きく張り出されている。本の宣伝なのか映画の宣伝なのか判断できない販促の仕方で、作者の心中を察してしまう。切実に。

「これください」

「えっ?」

「買います」

「あ、はい。ありがとうございます」

文弥子はすぐに本を手に取り、店員に手渡した。いちいちそんなことをしなくてもいいのに、と思ったのは晃司だけではないだろう。店員が「えっ?」と地声を出してしまったのが決定的な証拠だ。両手でずいっと本を差し出してにっこりと微笑《ほほえ》む二十代女性のその姿は、日曜のレンタルショップという舞台上では、良く言えば主人公。悪く言えば浮いた存在。小さな子供が八百屋さんのおつかいでするようなことも、大の大人が本気を出してやるとこんなにもドラマティックに見えるとは思わなかった。

これが君のシナリオか。と、晃司は呆れて何も言えない。

「晃司くん、私、これ買うわ」

「う、うん、良かったね」

何の捻《ひね》りもない作戦とそのシナリオには、せいぜいこの程度の言葉しか返せない。

もちろん、今日一番の笑顔で満足そうにしている文弥子にそんな野暮なことは言えないが。その本が欲しくて来たわけではないのに、なぜそんなに嬉しそうなのだろうか。

「お会計が、千四百七十円でございます」

「はい、二千円でお願いします」

レジに案内され、文弥子は会計を済ませようとビーズ製のがま口財布から四つ折りになった千円札を二枚取り出して、くじを引くように中身を確かめながらそれを開く。子供のおつかいの次は、おばあちゃんのお買い物だ。

「店員さんは、この本読みましたか?」

商品を受け取ったあと、文弥子は突然こんなことを言い出した。イストワールでなら、よくある会話だが——普通の書店でこんなことを店員に言う客はまずいないだろう。

「あ、はい。読みましたよ」

ところが、この店員は文弥子の質問に笑顔で答えてくれた。

「どうでしたか?」

「え?」

「この本を読んで、どう思いましたか?」

文弥子はグイグイと攻め込んでいく。さっきまで物陰から出られずにいたのに、本を手にすると無敵になるのか、イストワールにいる時のような口調で言葉を並べていく。

緊張のあまり何か重大なヘマをやらかさないかという心配事が一つ減ったので、晃司は安堵する。

「そうですね……私は、こういう恋もアリだな、と思いました」

瞬間、文弥子の口元がかすかに緩んだ。

今のは、何かあるな。

と、晃司は思った。

そんなに長い付き合いではないが、文弥子の表情が変わる時は、大体の場合なんらかの意図がある時だ。そのぐらいはわかるようになった。

文弥子は今、何を考えているのだろうか。気づけば司書の顔になっている文弥子は、このシナリオをどう繫いでいくのだろうか。晃司はそれに興味があった。

「こういう恋もアリ。ってことは、この小説における恋愛は普通ではないのですか?」

「それが、作品の内容に大きく関わってくるので、これ以上はなんとも」

「あっ、そうですよね。すみません」

彼女の言っていることは正しい。この『さよならするための恋芝居』は、タイトルの「恋芝居」に注意を引きつけるようにした「さよなら」の話だ。本気の恋でも偽りの愛でも、自分の性格や言いたいことをねじ曲げて付き合う男女の仲を「芝居」と置き換えており、言ってしまえば恋のためにお芝居する話ではなく、本当の自分とさよならするか交際相手とさよならするかの選択を迫られる、実は甘くも切なくもない小説なのである。

店員の言う「こういう恋もアリ」の真意は不明だが、恋愛の内容について話を持っていこうとする文弥子の質問には、これ以上答えられないのだ。

小説の中身に関して、は。

「私、恋って一度しかしたことがないんですよ」

「文弥子?」

突然、文弥子は恋について語り出した。

それも、小説や一般論などではなく、自分の恋の話だ。

いったい、何を考えているのだろう。

「あ、ちなみにこの人は彼氏じゃないんで」

「そうでしたか。すみません、彼氏さんかと思っていたので、こんなこと言っていいのかなぁとドキドキしてしまいました」

晃司はドキドキというかヒヤヒヤしている。

「その一度の恋をした時は、初恋かもって思ったんです。でも、そのいろいろと恋の話を読んでいるうちに、私はその人に恋をしていたのかなぁって疑問に思うようになっちゃったんですよ。人を好きになるのと恋するのって違うんじゃないかなって」

「いつぐらいのお話か、聞いちゃってもいいですか？」

店員が乗った。レジが空いているのと、女同士というのと、文弥子が他の客に比べて特徴的なのが相まって、イレギュラーな接客対応が生まれた。

「中学の時ですよ」

「ああ、わかります」

店員は即答した。

「本当にわかりますか?」

「え……」

用意していたように、文弥子は店員に切り返す。

この時、瞬きする間だけ文弥子が真顔になったことに、彼女は気づいただろうか。

「あっ、すみません。私、昔から変わり者って言われてたので、よくある女の子の恋っていうものじゃなかった気がするんですよ。ごめんなさい」

「いえいえ、私のほうこそ興味本位ですみません」

「店員さんは、いま好きな人っているんですか?」

「自分のことで恐縮ですが、夏に入籍する予定でいます」

「まあ、それはおめでとうございます」

「ありがとうございます。もう随分と長いこと一緒にいたのですが、そろそろ、という話を彼からされまして」

晃司の予想、その斜め上をいった答えを返してきた店員は、薬指に嵌《は》められたダイヤの指輪を晃司と文弥子に見せてくれた。白色灯を反射して、目映《まばゆ》いほどに幸せな輝きを放つそのダイヤを、文弥子はまじまじと見つめている。

「ご丁寧にありがとうございました。また来ますね」

「はい、こちらこそ、ありがとうございました」

会計を済ませたあと、レシートをビーズのがま口にしまい込み、ちょこんとお辞儀をした文弥子は、踵《きびす》を返して出口へと向かう。

「あれ、文弥子、もう帰るの？」

「うん。もう十分よ」

出口へ向かった文弥子は、そのまま自動ドアをくぐり、店を出てしまった。本を買いに来たわけではないのに、あまりにもあっさりと店を出たことに晃司は驚きを隠せない。

それに、再び人いきれの中に飛び込んだというのに、文弥子は妙に御機嫌だ。

「有輝ちゃんの心配事は、杞憂だったみたいよ」

「え、でも、あの人が店長がどうかまだ決まったわけじゃないだろう？」

「ううん。店長さんよ。ちゃんと確かめたもん」

「へっ？」

そう聞いて、晃司は「まさか」と後ろを振り返る。自動ドアの向こう、レジで会計をする女性店員の名札を見ようとするが――見えない。

「名札に書いてあったもん。晃司くん、気づいてなかったでしょう？」

「全然。いつ気づいたの？」

「最初に話しかけた時」

「じゃあ……まさかその本を選んだのも……」

「うん。あの人に恋愛の話をするため。言ったでしょ？　シナリオがあるって
女って恐ろしい。晃司は素直にそう思う。

「文弥子、僕は君という人がわからなくなってきたよ」

「えーなんでよ。私、晃司くんとはそれなりにわかり合えているつもりなのに」

「だって全部演技だったんだろ？」

「演技？　私、別に演技なんてしてないよ？」

「えっ、じゃあ『これください』ってその場で本を渡したのは、やっぱり素なんだ？」

「そうだけど、何か変だった？」

「うん。すごく不自然だった。普通その場で『これください』なんて言わないよ」

「ど、ドーナツ屋さんだって『これください』って言うじゃない」

「ドーナツだって自分で取るお店あるよ」

「あ、確かに。でも、私ああいう形式のお店苦手なのよね」

「自分でドーナツ取る店が？」

「うん。だって、勝手なことしちゃってるみたいで悪くない？」

「……」

これは、珍しい意見だ。慣れとかそういう問題ではない。

田舎育ちの箱入り娘というわけでもないのに外の世界に慣れていないのは、イストワールからあまり出ないのが原因かと思っていたが、そうでもないらしい。根本的にズレているところが何カ所かあるようだ。

文弥子は頭が良さそうに見えるし、実際に回転も速い。視野は広く柔軟で、バリエーション豊かな引き出しを持っている。

だが、他人と接する時と自分のことを考える時とでは、その引き出しの使い方が異なるようだ。自分ではない誰かのためなら、いくつもの引き出しの中から瞬時に一つの答えを選び、それを取り出すことができる。精度も高い。

ところが、自分専用の引き出しは、たくさん詰め込んであるけれど整理整頓がされていない。そんな感じだ。その引き出しを晃司が開けるわけにはいかないが、自分一人で開けられない場合はどうすればいいのだろう。

文弥子と話しながら、晃司は商店街を南へ歩く。人の流れに逆らって進んだ往路と違って、帰りは誰とも肩をぶつけずにまっすぐ歩くことができた。そのせいか知らないが、文弥子も調子を取り戻し、自宅周辺では手に入れることのできないクレープやらたい焼きやらの屋台商品に興味を示し、晃司の手を放して一人で先を行くようになった。

「あれ、藤野《ふじの》じゃん？」

事件は、北町商店街の出口付近。文弥子がたい焼きを購入しようとビーズのがま口に手を掛けた時に起きた。

「やっぱり藤野だ」

その声は、晃司と文弥子のすぐ後ろから聞こえた。若い男の声だった。

藤野。その名が音となった瞬間、文弥子の動きがぴたっと止まる。そしてそのまま、何一つ言葉を発することなくたい焼き売り場の手前で硬直する。

いったい何事だろう。晃司がすぐに追いついて文弥子の隣に並んでも、文弥子は微動だにしなかった。

ただ声の主が次の「藤野」を発するまで、瞬き一つせずにその場から動かない。『だるまさんが転んだ』みたいだが、遊びで片づけられるような話ではなさそうだった。

文弥子の顔から一切の笑みが消えたのを見て、晃司は焦りを覚える。

「よう藤野、久しぶりじゃん」

文弥子を藤野と呼ぶ若い男は、横に連れていた恋人らしき女の手を放し、文弥子に歩み寄った。「久しぶり」と言ってはいるが、それにしてはやや馴れ馴れしい。

「藤野って、藤野文弥子？　あの？」

続いて、女も文弥子を藤野と呼ぶ。三人は、共通の知り合いのようである。

「山下《やました》くん、鈴木《すずき》さん、こんにちは。お久しぶりです」

「おう。髪、ちょう伸びたね」

色黒の男は白い歯をニカっと見せて言った。大池《おおいけ》のそれとはまるで印象が異なる。白い歯の間からは嚙みつぶされたガムが見える。

「藤野、相変わらずおばさんくさくね？」

「藤野はほら、可愛い系じゃなくてキレイ系好きに人気あったから」

「胸があって髪長ければみんなそう言うよね。男子って」

「出た、女の僻《ひが》み」

「僻んでねーし」

会っていきなりこれか。感じの悪い二人だ。晃司の最も苦手なタイプである。

「藤野、その人、彼氏？」

「違います。仲がいいお友達です。子供の時から知っていて」

「木山《きやま》晃司です」

「あ、どうもー」

山下と鈴木、というらしい男女のカップルは、名乗りもせず晃司に軽い会釈をする。せめて名前ぐらい言ったらどうなんだと思うが、なんとなく、この二人には何を言っても晃司の胸のむかつきは晴れないだろうと悟っていたので、深く関わろうとはしなかった。

それよりも、文弥子のほうが心配だった。

この二人に声をかけられてから、文弥子は一度も顔を上げていないのである。

「藤野ん家、このへんなんだ？」

「いいえ、そんなに近くではない、です」

俯きがちに答える文弥子は、何かに怯《おび》えているようだった。質問への回答も、嘘《うそ》でもないが真実でもない。二人は文弥子の家がここから歩いて二十分もかからないところにある喫茶店だと知らないようだが、文弥子はそれを特定されないよう必死だ。

言わないで。

晃司の腕を摑む文弥子の細い指の震えが、切実に物語っていた。

もちろん、言葉には出していない。

文弥子は顔にかかった髪を払おうともせず、ただ黙って視線を地に落としているだけ。

他人の人間関係なんて出会ってすぐにわかるものではない。だが、少なくともこれだけはわかる。

文弥子にとって、この二人は会いたくない人物なのだ。会話が続いていないということが何よりもの証拠だ。

そうでなければ、文弥子が話し相手の目も見ずに黙っているわけがない。

人には、他人には知られたくない過去の一つや二つあるものだ。もしかしたら、晃司が知ってはいけないこともたくさんあるのかもしれない。文弥子が隠していたものがあるのかもしれないのだ。それを知ろうとも思わないし、文弥子が望まないのであればむしろ知りたくない。

晃司に、読んでほしくない原稿があるように。

文弥子にも、触れてほしくないものがあるのだ。

底の深い引き出しの中。その奥へ押し込んで、飛び出してこないように重しを載せて。

「藤野って、三学期から殆《ほとん》ど学校来てなかったよね。クラスの集合写真に写ってなかったよね？　右上に別枠で載ってたもん。高校は行ったの？」

「はい、一応……」

「あ、でも藤野あんたさ、すぐ辞めたって聞いたよ。高校」

困ったことに、この山下と鈴木は文弥子の引き出しの中から平然と過去の遺物を取り出した。文弥子の体が震えている。

晃司はどうすることもできずに、ただその場に立ち尽くす。

「一人さ、他のクラスでいたんだよ。藤野と同じ高校に行った子。その子がね、夏休み前にはいなかったって」

「へえ、そうなんだ。今は何してるの？　働いてるの？」

「専門とか？」

「資格の勉強とか？」

「でも中卒でなれる職業とかあんの？」

文弥子が言葉に詰まっているところに、山下と鈴木は矢継ぎ早に質問を投げかける。

ちゃんと答えていないのに多くを訊くのは、相手に興味がないからだ。

本当は、文弥子の「現在」なんてどうでもいいのだ。この二人は。

ただ過去を知っているというだけで、こんなにも人を苦しめることができるなんて。

晃司は、拳を強く握りしめる。だが、その拳を振り上げるなんて勇気はない。

経験がないのだ。だから「怖さ」を払拭《ふっしょく》できない。足はすくみ、肩は震え、文弥子の震えと共振してしまっている。

これは共感ではない。文弥子のための震えではない。ただ自分が可愛い。何かをぶつけて跳ね返ってくるのが怖くて、自分から発することができないのである。

「晃司くん、俊明《としあき》さんは、何時に戻ると言ってたかしら？」

先に文弥子が言った。

この場を切り抜ける。その合図だ。そのくらいはわかる。晃司の祖父の名を出したのも、全く覚えのない話と晃司に認識させるためだ。

「六時には、と言ってたから……このままだと遅刻だな」

「それはまずいわね」

晃司は、そんなに頼りない顔をしていただろうか。

困っていると思わせてしまったのだろうか。

ふう、っと小さく息を吸って、気持ちを落ち着かせる文弥子を見て、晃司は申し訳ない気持ちでいっぱいになった。

「二人ともごめんなさい。大事なお客様を待たせてしまっているので、急いで帰ります。話しかけてくれてありがとう」

お辞儀をして、文弥子は「急ごう」と晃司の腕を引っ張った。

晃司の腕を無意識に締めつける文弥子の手が、もう限界、と悲鳴を上げているように感じた。

晃司と文弥子は、二人の若者から逃げるようにして、北町商店街をあとにした。

「ごめんね。気を遣わせちゃって」

北町商店街から離れ、イストワールへ戻る道すがら、文弥子は力なく呟《つぶや》いた。

「僕のほうこそ、何かできれば良かったんだけど」

「ううん、あの二人はきっと晃司くんに何か言われても喋《しゃべ》るのをやめないわ」

辺りはすでに薄暗くなっていた。いつもはこんなに早く街灯の明かりが目立つことはないのだが、今日は予報どおり。分厚い雲が、この街全体を覆っている。そのせいで、夜の訪れがちょっぴり早いのだ。

「別に隠していることではないの。私があまり学校へ行ってなかったということは。晃司くんには、ちゃんと話すつもりでいた」

それだけで、晃司の心にかかった靄《もや》は少しは晴れるというもの。

文弥子の言葉でそう言ってくれることで、何より信用できる。

「正直に言うわ。あの二人と会った時は、どうしたらいいかわからなかった。会いたくない人たちだったの。だから、びっくりしちゃった」

でも、と、文弥子はすぐに二の句を継ぐ。

「今はもう平気だから。これも本当」

「なら良かった」

「カッコ悪いところ見せちゃったね」

「そんなことないよ。僕だって、今この場に担当編集者が現れたら動揺するどころじゃないと思う」

「もし来たらどうするの？」

「そうだな、文弥子を放置して逃げると思う」

「なにそれ、ひどい」

ふふっ。文弥子は肩を弾ませて小さく笑う。

晃司も、つられて笑う。楽しいからではない。張りつめていた緊張の糸が、緩んだから。

こういう笑いもあるんだ。偽りでもなく、喜びでもない笑いが。

「晃司くんって、作家になったあと引きこもりだったのよね？」

「そうだよ」

「作家になる前は？」

「学校には行ってた。でも、友達はいなかった。だから休みの日は引きこもってたかな。本を読むか、書くか、どっちかだった」

「そうなんだ。でも、私も同じ」

二人はゆっくりと、足並みを揃えてイストワールのある住宅街に入る。静かだ。繁華街とは逆に、この住宅街は日曜祝日になると人の気配がなくなる。外を出歩くより、家の中で家族と過ごしたり、一人で体を休めたり、文字どおりの「休日」がまだ生存している穏やかな地域だ。

晃司は、夕闇の中にぼんやりと浮かび上がるイストワールの明かりを見つける。同じタイミングで、文弥子が足を止める。

「なんとなく気づいているかもしれないけど、うち、お母さんいないのね」

遠くに見える我が家を見つめて、文弥子はそっと打ち明ける。

「私が小学校五年の時、病気で亡くなったの」

「そうだったんだ」

「ごめん。こういうの、最初に言うべきだよね」

「いや、言い出すタイミングってあると思うよ」

「そう言ってくれると嬉しい。私にとって、今がそうなんじゃないかと思ったから」

薄々、感じ取ってはいた。イストワールには、文弥子の両親がいない。祖父の啓治《けいじ》が行方不明という情報しか、文弥子の「家族」に関する情報はなかった。その時点で、イストワールには、園川《そのかわ》家には何らかの事情があると思っていた。

「お父さんは？」

「いるよ。会社の近くにマンション借りてそこで一人で暮らしてる」

「それって、離婚したってこと？」

「いいえ。仕事の都合。だから私もお母さんも、名字は藤野っていうのよ。園川はお母さんの旧姓で、おじいちゃんの姓なんだ」

「え、でも、いまは園川文弥子なんじゃ？」

「ううん。実は、勝手に名乗ってるだけなんだ。私が、園川を名乗りたくて……」

俯く文弥子に、それ以上のことは言わせたくなかった。

文弥子が園川を名乗りたい。そう言っているのだから、それでいい。

「いいと思うよ。園川文弥子で」

「ありがとう。お母さんも、ずっと園川でやってたから」

だから私も、司書の仕事と、園川という名を一緒に受け継ぎたかった。

そう語る文弥子は、今までで一番美しかった。

「イストワールって、昔は『喫茶そのかわ』っていう普通の喫茶店だったの。それをお母さんのアイデアで、貸し本喫茶にした。お母さんの、子供の頃からの夢だったんだって」

晃司は、目頭が熱くなるのを感じた。

同情とか、感動とか、そんな言葉では表せない。いい話だ。そうまとめるのもどこか落ち着かない。

「少し、話すね。お母さんのこと」

幸せそうに語る文弥子の横顔が、司書台に座って白いワンピースの女性の絵を眺めている時の顔と重なる。

「私はお母さんの影を追いかけて、本を読むのに没頭してた。中学に上がってからは特に酷くて、勉強そっちのけで本ばかり読んでいたの。しだいに学校へ行かなくなって、あとはさっきの二人が言ってたように卒業写真の撮影日も知らなかったぐらいのサボり魔になっちゃった。だから私、学校での友達っていないのよ……今までただの一人も」

文弥子は、今まで見せなかった引き出しの中を、自ら晃司に見せてくれた。

全てではない。それはわかっている。

だが、文弥子の取り出してくれたものは、決して偶然外に出てくるような場所には仕舞っていない、大切なものだ。晃司はそれを受け止めた上で、改めて文弥子という人間を見ればいい。

いつの間にか晃司は、文弥子を「司書」として見なくなっていた。

「今日はとても疲れたわ。考え事すると、すぐ頭痛くなっちゃうの。私」

「無理しないで今日は早めに休もう。中西さんのことは、明日起きてから考えたらいいよ」

「そうね。そうする」

「僕も疲れたよ」

「でも、楽しかったわ」

「そうだね」

「晃司くんのおかげ」

「僕は何もしてないよ。したくても、できなかった」

「ううん、こうして隣にいてくれる。それだけでとても嬉しいの。私は司書台の中で、いつも一人だったから」

晃司と文弥子は、同時に足を踏み出して、イストワールへ向けて歩き出す。

文弥子は、接客が上手だ。晃司なんかよりも、ずっと。

でも、今日みたいに、上手くできないことだってあるんだ。人間だから、それは当たり前で、経験がなければなおのこと。

少女漫画を読んだことだってなかったのだ。イケボの意味がわからないのも仕方ない。たった一つの引き出しを開けるだけで、物語は大きく動き、深みを増し、広がりを見せる。文弥子が「北町商店街に行こう」と決意したのがどれほどのことかなんて、昨日までの晃司にはわからなかったけど、今の晃司には、なんとなくわかる。

卒業写真にも写らなかった文弥子が、漫画を貸してくれる友達に出会う。彼女にとっては、人生を変えるほどの物語に違いない。

「晃司くん、お願いがあるんだけど」

「お願い？」

「うん」

文弥子のお願い。

「家に着くまで、ちょっとだけ甘えちゃっても、いいかな」

文弥子は晃司の肩に頭を預ける。晃司は無言で頷《うなず》いて、文弥子の重みを受け止める。

大した重さじゃない。文弥子の体はとても軽い。

晃司の体にくっついて離れない文弥子は、イストワールのドアを開け、地下書庫のドアを開けるまで、なに一つ言葉を発することはなかった。一緒に晩ご飯を食べたいと言っていたのに、千里に「ただいま」も言わず、倒れ込むようにして地下書庫の階段を下りていく。そして、そのまま出てこなかった。晃司と千里は、二人で夕食を食べ、二人で後片づけをして、各々の部屋に戻った。

書庫にこもった文弥子は、誰かに貸すための本を探していたのだろうか。

それとも言葉を取り戻すために、自分に必要な本を探しているのだろうか。

イストワールの司書の引き出しは、底は深いが狭く、取り出しにくい。

それが引き出しではなく、スライド式の便利な書棚だったらラクなのに。

文弥子本人にも、引き出しの中に仕舞ってあるものの全ては取り出せない。

大事なものほど、奥に仕舞っているのだ。

それを取り出したい時に、司書はどうするのだろう。

司書補は、どうすればいいのだろう。

その日、晃司が眠りについても、文弥子は地下書庫から出てこなかった。

本とともに過ごした三年を終え、私は中学校を卒業した。

高校へは、行かなかった。

家の手伝いもあったし、もうあんな地獄みたいなところに何年もいたくない。そう思ったし、お父さんにも相談したから、止められることはなかった。

ここで私の物語が終わったら、もう最悪の話になるわよ。

だったら最初から学校の話とか彼氏の話をするなって？

ところが、これで終わりじゃないんだな。

「ごめんください」

四月に入ってすぐ、思いがけないお客さんがイストワールに来たのよ。

そう。彼だったの。

背が伸びて、ずいぶんと男らしくなった彼が、セカンドバッグを抱えるみたいに本を脇に挟んでやってきた。

「久しぶり」

「ひ、久しぶり」

この頃の私は、もう人と話すのが怖くて、あまり上手く喋れなかった。話しかけられるのは嫌じゃなかったけど、もう誰かと深く関わりたいとは思えなかった。

でも、彼の話を聞いて、私は、自分が如何《いか》にわがままだったか知ったわ。

「卒業おめでとう」

カウンター席に座って、アイスコーヒーを頼んだ彼は、二年半前、彼の身に何があったのかを話してくれたの。あまり喋らない人だったのに、久しぶりに会った彼は、用意してきたかのようにべらべらと喋った。

実は、彼は男子から相当なバッシングを受けていたらしい。

私と別れなければ、女子の攻撃は止まらない。そんな脅迫まがいのことを、ずーっと言われたんだって。怖いわね。同じ人間なのに。

人間って、言葉というとても不思議な力を持っているから。

言葉だけで人を最も傷つける方法を、中学生のうちから知っているのよ。

「私は、あれ以来ずっと本を読んで過ごしてきたわ」

「悪いことをしたと思っている。でも、君は同学年の男子と上手くやってるし、仲良くしてるって話も聞いたから……それで、大丈夫だと思ったんだ」

「誰から聞いたのよ。そんなデマ」

「ごめん……ごめんよ」

私も、久しぶりにたくさん喋った。

中学を卒業するまで、どれだけ退屈だったか。

どれだけつらかったか。

「私がつらかったのは、友達がいなかったからじゃない」

そう。私が、この時までつらかったのは——

「あなたを……あなたをずっと好きだったから」

中学を卒業しても、私はずっと手紙を書き続けた。

地下の書庫の床下に、たくさん溜まってる。

いろんな思いが。

彼への想いが。

時には夢が。

多くの嘘が。

引き出しに仕舞いきれないほどの手紙が、溜まっている。

「読むよ。その手紙、全部」

「どうして？」

「君が好きだから」

「あなたが好きなのは本でしょう？」

「違うよ。僕は、君の書く手紙が好きなんだ」

恥ずかしいことに、私たちの会話はお父さんとお客さんに丸聞こえで、私たちが話している間一切の物音を立てずに頑張ったイストワールの住人たちに、申し訳ない気持ちになった。

でも、そのおかげで私は彼の言葉を全て受け止めることができた。

「僕の知らない二年半を、読ませてください」

「いいけど、一つ条件があります」

「なんでも受け入れます」

私は、これで最後、と自分に言い聞かせた。

「これからも、ずっと読んでください。私の手紙」

この日から、私は作家になったのだ。

彼のために、ながぁい物語を書く、世界でただ一人の作家に。

春の夜嵐

イストワールで生まれ、イストワールで育ったのだから、あなたにも本を好きになってほしい。物語を愛してほしい。それが、お母さんの口癖だった。

文弥子《あやこ》はお母さんの言うことなら何だって聞いた。仕事で朝まで帰ってこないお父さんの代わりに、ボール遊びもヒーローごっこも付き合ってくれた元気なお母さんが大好きだった。

物心ついた時から、文弥子は本に囲まれていた。右を見ても左を見ても、本ばかり。文字を読むよりも喋《しゃべ》ったり体を動かすほうが得意だった文弥子は、司書台でじっと本を読んでいるお母さんの袖を引っ張って、お外で遊ぼうとよくぐずった。

仕事の邪魔をしているという自覚も十分にあった。幼き日の文弥子はかなりの甘えん坊だったのだろう。文弥子は本やおもちゃよりもお母さんとの時間を求めた。

お店に来る常連さんたちにもかなり可愛がられた。だが、文弥子は他人に心を開くのが大の苦手だった。文弥子の気持ちなどお構いなしに馴れ馴れしく話しかけたり抱き上げたりする大人たちに嫌気がさし、お母さん以外の大人から可愛がられれば可愛がられるほど文弥子の口数は減っていった。

「アヤ、おいで。お母さんと二人で遊びましょう」

そんな文弥子の気持ちをわかってくれるのは、この世界でお母さんだけだった。

愛想笑いも、言葉選びもできない不器用な娘に、二人きりの時間を作ってくれる。お母さんは文弥子の神様のような人だったのだ。

喫茶店の娘だから本当はいろんな人と仲良くしなきゃいけないのに、お母さんは文弥子にそれを強要しなかった。お客さんの中には文弥子と同年代の子供だっていたのに、仲良くしなさいなんて言わなかった。

どうしてだろう？　お母さんには、あんなにたくさんのお友達がいるのに。

「アヤは本当にアウトドア派ね。じっとしているのが苦手なのかしら？」

人気者のお母さんだったけど、文弥子一人にすることは絶対にしなかった。

仕事中だろうが接客中だろうが、文弥子がお店に出てきて司書台の中に入ってくれば、必ず文弥子の相手をしてくれた。裏庭に出てボール遊びをしたり公園に連れていってくれた。お母さんは、司書の仕事よりも文弥子を優先したのだ。自分が抜ける代わりに、おじいちゃんや司書補の玲花《れいか》さんに店を任せて持ち場を離れた。

司書の補佐をする司書補という役割は、元々イストワールにはなかったのだ。

司書補は、お母さんがいつでも文弥子の話を聞けるようにお母さんが用意した、文弥子のためのものだったから。

文弥子を一人にしないこと。寂しい思いをさせないこと。これが、お母さんが自身に課した制約でもあり、貸し本を始めたばかりの頃のイストワールの、一つの指針だった。

文弥子はイストワール全体に愛されていた。それに気づくのは、随分と大人になってからのことだったが。


「アヤ、今日は雨だから、お母さんと一緒に本を作って遊びましょうか」

ある日、お母さんが地下書庫に画用紙とクレヨンを持ってきた。

「ここにアヤの好きな絵を描いて」

お母さんは大きな画用紙を半分に折って、文弥子に差し出した。

「右半分には何も描いちゃダメよ?」

「どうして?」

「そこには、お母さんがお話を書くの」

「お母さんが?」

「そう。アヤの描いた絵から、お母さんがお話を作るのよ」

お母さんはお話を作るのが得意で、自分で本を書いてそれを読み聞かせてくれた。

眠る前には必ずお母さんが横でお話を聞かせてくれる。文弥子はその時間が一番楽しみだった。お母さんは世界で一番の作家さんだ。そう思っていた。

だから文弥子は、お母さんが文弥子の絵からお話を作ってくれると聞いて、すごくどきどきしたのだ。楽しい、嬉しいという感情は知っていた。面白い、は誰よりもわかっているつもりだった。

でもその時、文弥子はもう一つ、不思議な感覚にとらわれた。

「アヤ、どうしたの？」

「描けない」

「描けない？」

それは、小学校に上がったばかりの子供が経験するには早い、プレッシャーというものだった。

文弥子はお母さんを尊敬していた。優しいお母さんとか、綺麗な人とか、そういうんじゃない。

面白いお話を書く作家さん。文弥子は自分の母親を、そんなふうに見てる部分もあったのだ。

そのお母さんが自分の絵を元にお話を書くということは、いつも自分が眠る前に聞かされているあの楽しいお話の中の一つにそれが入るということだ。何を描けばいい？　どんな絵を描けばお母さんのお手伝いができる？　そんな思いが文弥子の中を駆け巡った。一人で遊ぶ時はあれだけ好き勝手にやるのに、お母さんとの共同作業という意識が働くと途端に描けなくなる。小学校低学年にして、文弥子は「自分の好きにやる」という自由にブレーキをかけることを学んでしまったのだ。

「どうして描けないの？」

「だって、どんな絵を描けばいいかわからないんだもん」

「いつも描いてるじゃない。好きなものを描けばいいのよ」

「だめよ。お母さんがお話を書くんだから、楽しいお話になりそうなものを描かないと」

真っ白な画用紙を手に持って文弥子が言うと、お母さんは目を見開いて、文弥子の両肩に手を乗せた。

「アヤ、あなた天才だったのね。さすが私と総司《そうじ》くんの娘」

「どうしたのお母さん？　私はお母さんとお父さんの子供だよ？」

「アヤ、お母さんね、やっぱりお絵かきがしたくなっちゃった。だから交代しましょう。お母さんが絵を描くから、アヤがお話を考えて」

「私がお話を作るの？」

「そうよ。面白そうでしょう？」

文弥子はこの時のお母さんの笑顔を一生忘れない。

宝物を見つけた時のように目を輝かせて、文弥子の体を力いっぱいに抱きしめたお母さんの匂いと、感触を忘れない。

お母さんがどんな気持ちで文弥子を天才と言ったのか。

どんな気持ちで、机の引き出しから画用紙には不向きな万年筆を取り出して、その場で持ち方を教えてくれたのか。

今となってはもう、その気持ちを知るすべはないのだから。

＊　＊　＊

月曜日の朝。晃司《こうじ》がイストワールに来てから、ちょうど一週間が経った。

晃司は千里《せんり》と二人きり、イストワールのカウンター席で遅めの朝食をとっていた。開店一時間前。時計の針は午前十時を回ったところだ。

文弥子の姿は、まだない。

「千里さん、文弥子は部屋に戻っていないんですか?」

焦げかけのトーストにブルーベリージャムを山盛りに載せている千里は、静かに頷《うなず》く。

「徹夜したのか。起こしに行ったほうがいいんでしょうか?」

「いいや」

しゃくっ。トーストを一口囓《かじ》ったあと、千里が言った。

「出てこなかったら放っておけばいい。アヤがいなくても店は回る」

「それは、そうですけど。あとから文弥子が気にするんじゃないですか?」

「それはない」

「どうして?」

「アヤが意図して鍵をかけているから」

千里は黙々とトーストを囓る。今にも落っこちそうな果肉たっぷりのジャムを上手に舌で舐め取りながら、しゃくっ、しゃくっ。片手では持ちきれないほどのジャムトーストが、あっという間に手のひらより小さくなっていく。

「入っていい時は、中から鍵はかけないのよ。あの子」

「鍵、かかってました?」

「ああ、さっき確かめたけど、かかってた」

「内鍵があるの、知らなかった」

「アヤは鍵のかかった地下書庫に入られるのを何よりも嫌うんだ。だから今はそっとしておいたほうがいい。何かあった時のために合い鍵は用意してあるけど、本当に具合が悪かったら鍵をかけて籠《こ》もったりしないよ。大丈夫」

やや口元を緩めて言う千里の「大丈夫」は、自信と愛情に満ちた、信頼できるものだった。一週間この人と付き合って、最初に抱いた「怖い」という印象が間違いだったことはすぐに気づいたが、こうして二人きりでじっくり話すと、長い前髪で顔を半分覆った背の高いこの女性が、どれほどの優しさを持っているか伝わってくる。

たくさん言葉を並べなくても、ちゃんと伝わるんだ。この人は文弥子を、イストワールを愛している。きちんと向き合って、目を見ればわかる。

「千里さんって、すごく優しいですよね。まるで文弥子のお母さんみたいに」

晃司が言うと、千里はトーストのジャムをバーカウンターに落としてしまう。

「すみません」

「別に」

落としたジャムをナプキンで拭き取り、それを几帳面に折り込んでからゴミ箱に捨てる。

再び同じ椅子に腰を下ろす千里は、さっきよりもやや晃司に体を開いている。

「アヤから、どこまで聞いたの？」

千里の言う「どこまで」とは、たぶん、文弥子が晃司に打ち明けた、過去のことについてだろう。

「文弥子が園川《そのかわ》を名乗る理由と、学校に関して少しだけ」

「アヤが自分から中学の時のことを話したの？」

「いいえ。高校に上がってすぐ辞めたということだけです。北町《きたまち》商店街で、中学の時の同級生に偶然会ってしまったんですよ。その人たちの口から、文弥子が高校を辞めたって話を聞いてしまって」

「そう」

「文弥子の様子がおかしかったので、できることならすぐにでも逃げ出そうかと」

あの時の文弥子は、まるで恐怖に怯《おび》える子供のようだった。

その恐怖の原因となるものは、文弥子の言う『母親の死』ではないことぐらい、晃司にもわかる。ふさぎ込んで本ばかり読むようになったのは、文弥子が学校に行かなくなった間接的な理由にこそなるが、あのカップルと目も合わせられないほど動揺する理由ではないはずだから。

でも、それは晃司が興味本位で知るようなことではない。

いつか、文弥子が話したいと言ったら、きちんと聞けばいい。

そう思っているだけでいい。今はまだ。

「でも……」

心のどこかで、割り切れない自分もいるのも事実だった。

「僕は、文弥子のために何かできないのかな」

「どうしたの？　突然」

自分でもよくわからない。なぜ唐突にこんなことを口走ったのだろう。

「わからないけど、文弥子が中西《なかにし》さんのために北町商店街に行こうとしたのと似ているのかな。何ができるって算段があるわけじゃないけど、じっとしていられない」

「正義感か、はたまたお節介か、ね」

「そのどちらでもないですよ。そんなに大したものじゃない。もしかしたら、自分のためなのかもしれません」

「自分のため？」

「はい。僕、北町商店街で文弥子が嫌な感じの同級生に絡まれた時、すっごいムカついたんです。助けなきゃって思う前に、自分の怒りがこみ上げた」

「意外だね。あんたが『ムカつく』だなんて」

「自分でもそう思います。たぶん、僕自身が木山《きやま》晃司という人間をあまりわかっていないのだと思います。今まで、あまり他人に興味を持たずに、ただ自分の世界に閉じこもって小説を書いてたから」

「それで、あんたはどうしたの？」

「何もしませんでした」

「ムカついたのに？」

「ええ。しなかったというより、できませんでした」

「そう」

千里はそれ以上なにも言ってこない。

でも、晃司は言ってほしかった。

男らしくないね、臆病なんだね、なんでもいい。

そう言われることで、晃司の中にまだくすぶっているあの時の罪悪感が、少しは晴れるような気がしたから。

「そんなに思いつめることないんじゃないかな。あんたは自分で思っている以上に、アヤの支えになっていると思うよ」

「支え？　僕がですか？　逆ならともかく、僕が文弥子を支えているだなんて、そんなことないですよ」

「そういうのは、支えてる本人はあんまりわからないもんだよ」

千里は立ち上がり、カウンター内に入ってドリップしたてのコーヒーをカップに注ぐ。

イストワールで一番安価なこのブレンドコーヒーは、常連には人気がない。デカンタに入れて三十分の間放っておかれる定番商品よりも、イストワールブレンドやソノカワスペシャルといった単価千円を超える看板商品のほうが人気があるのだ。晃司はそのどちらも飲んだことがあるが、味の違いはわからなかった。毎朝飲むこのブレンドコーヒーも、よそで千円払っても文句はない。晃司は千里のいれるコーヒーが好きだった。

「あんたが来てから、アヤは変わったよ」

「変わった？」

「ああ、随分と明るくなった」

そう言われても、晃司は一週間よりも前の文弥子を知らない。確かに、司書台から動かない文弥子は喫茶スペースでの接客は全くしない。そのため、常連たちと二言三言以上の言葉を交わさない。だがそれは文弥子が司書をやっているからであって、もし晃司のようにホールに出ればさすがにもうちょっと笑顔を振りまいたり自分から話しかけたりするんじゃないだろうか。と、晃司はずっと思っていた。

「あの子は、もともとそこまで人なつっこくないんだよね」

「そうなんですか？」

「子供ん時からそうだったんだ。あたしはアヤが小学校四年生の頃から知ってるけど、その時にはあんま子供らしくないなと思ったね。人見知り激しいし、笑わないし」

「千里さんって今いくつなんですか？」

「それはこのタイミングで聞くことじゃないな」

「す、すみません」

だいたい三十歳くらい。と思っていたが、二十七歳だそうだ。高校生の時からここでバイトしてるらしい。

「お年頃って言うには早かったしね。そういう性分だったんだろう。大人になっても大して変わらなかった。まあ、アヤもずっと接客やってたから、さすがに対人スキルはついたけどさ。あんたと話してる時みたいに、頰を膨らませたり、叩いたり、冗談を言ったりすることはなかったよ」

「でもそれは、歳が近いからなんじゃ？」

「それもあるだろう。けどね、年齢ってのは、あんたらぐらいの若さではあまり仲良くなる要素にはならないんだよ。二十歳そこらだと、年齢よりも学年のほうが気になるだろう」

「確かにそうですね。僕は大学を中退してから、学年という概念が薄れましたけど」

「同じ学校の、同い年ってんなら入口は近いけど、あんたら二人の場合はそうじゃない。あんたの人間性が、アヤを明るくしてるんだよ」

それに。と、千里は続けた。

「あんたが来てからアヤは、本を読むスピードがかなり落ちた」

「本？」

「ああ、あんたが来る前と比べると、半分以下なんじゃないかな」

「そんなにですか？」

「そこまで集中できてないんだろうな。あんたが来るまでは、客が来たことにも気づかない時だってあったぐらいなのに」

「それは中西さんと仲良くなったからでしょう？」

「いいや、違う」

長い前髪に隠れた千里の左目が、晃司を確かに捉えている。

千里の言葉に、偽りはない。編集者の目とは違う。

「中西とアヤは、まだ仲良くなんかない。少なくとも、友達ではない」

「でも、よく喋るし、漫画だって借りてるし」

「それは晃司だって同じだろう？　アヤから本を借りたじゃないか」

「う、確かに」

「あんたが思っている以上に、アヤとあんたは近くにいるんだよ。十年もアヤと一緒にいるあたしが言うんだ。間違いない。あの子がこんなに心を開いている人は初めて見たよ」

だから、あんたはアヤに何もしてやってないわけじゃない。と、千里はわずかに微笑《ほほえ》んだ。

心を開く。いつだったたか、文弥子が言ってたっけ。

一人の読者の心へ迫るために、作家自身の心を開く。と。

「なぁに、二人とも随分と楽しそうにしちゃって」

背後で重たいドアの閉まる音がした。

晃司と千里は、同時に司書台のほうを見やる。

「文弥子」

「晃司くん、千里、おはよ」

くあ、と小さな欠伸《あくび》をしながら、文弥子が地下書庫から出てきた。

文弥子は昨日と同じ服を着たまま、頭のてっぺんに不自然な寝癖をつけている。やはり、北町商店街から戻ったあとずっと書庫にこもっていたらしい。

「ごめんね。朝まで起きてたんだけど、この何時間か寝ちゃってたみたい」

「大丈夫?」

「ん?　何が?」

「あ、いや、昨日具合悪いとか言ってたから」

「ああうん、もう平気。ありがと。ソファで寝たからちょっと体痛いけど、それ以外は大丈夫」

バーカウンターに両手をついて、猫のように背中を伸ばす文弥子。突然横からコーヒーカップを置かれてびっくりし、寝ぼけ眼《まなこ》をぱちぱちさせて千里に笑いかける。

良かった。昨日の今日で少し、というかかなり心配していたのだが、いつもどおりの文弥子だ。

「ねえ、晃司くん」

カップに息をふうふう吹きかけながら、文弥子が言った。

「私、有輝《ゆうき》ちゃんに裏メニューの本を貸そうかと思うの」

「裏メニューって、地下書庫の本？」

「そう。いろいろ考えたんだけど、私にできることって、やっぱり本を選ぶことかなぁって」

「へえ、どんな本を貸そうと思っているの？」

「それがね、ちょっと悩んでいるのよ。恋愛に関する本を貸し出すのは、少し違う気がするの。なんとなく、もっと深い根っこがあるような気がして」

「そうなの？」

「仮に、あの店長さんにはちゃんと別のフィアンセがいて、有輝ちゃんの彼には手を出しませんって真実を打ち明けたとしてもよ。それで有輝ちゃんが安心するとは思えないのね。あの元気な有輝ちゃんが、あんなに不安に駆られてるんですもの」

相変わらず小難しい、それでいて感心するほどに鋭いことを言うな。と晃司は思った。

「それに、有輝ちゃんなら、あの店長さんと話ができそうだと思わない？」

「確かに、中西さんのあの性格なら、最初に会った時に恋愛や結婚の話ができそうだね」

「そこなのよ。薬指に指輪しているし、店長さんも私たちに話すぐらいだから同じ店のスタッフには婚約の話くらいするんじゃないかなって」

考えれば考えるほど、中西の恋愛相談は恋愛から遠ざかっていく。

「男の人から見て、有輝ちゃんはどう？」

「えっ？　オシャレだし、小柄で女の子っぽくて、か、可愛いと思うけど」

なんでこんなこと言わなくちゃならないんだ。と思いながらも答えてしまう。

「そうじゃなくて、私が訊きたいのは有輝ちゃんが恋だけで悩んでるのかそれとも別のことでも悩んでいるか、どう見えるかってことなんだけど」

間違いに気づいて、血の気が引いた。穴があったら入りたい。

「晃司くん、有輝ちゃんをそんなふうに見ていたのね」

「ごめん、今のはほんとナシで」

「どうせ私はオシャレでもないし小柄でもないし可愛くもありませんから」

「いや、あの、勘弁してください」

文弥子から目を逸らし、晃司は千里に「助けて」と目で訴えたが無視された。

「難しいわよね。仲良くなっても、必要な情報がなければ手も足も出ないこともある」

「でもさ、文弥子は本を貸す時、完全な正解じゃなくても自分がこれだと思ったら貸せばいいって言ってなかった？」

そうだ。晃司が大池《おおいけ》に詰め寄られた（と言うのは失礼な気もするが）時、返答に困った晃司に対し文弥子は「完璧な一致なんてそうそうない」と言ったのだ。

自分の手では触れられない、自分の言葉では届かない部分に、もしかしたら届くかもしれない物語を。と。

「そうよね。完全な一致なんてない。有輝ちゃんの心に百パーセント当てはまる本を探そうと思ったら、彼女という人間を百パーセント理解するしかない」

「でも、そうじゃなくてもいいんだろ？　『提案』すればいいと」

「そうね。私ったら、偉そうなこと言っておいて……まだまだ未熟だわ」

文弥子はコーヒーを一口飲んで、唇を舐める。

「私は、プレッシャーを感じているの」

「プレッシャー?」

「そう。なぜなら、失敗したくないから。完璧な一冊を届けたい。それが邪魔して、冷静に本を選べない。こんなの、司書になってから初めてよ。どうしちゃったんだろう」

「ああ、それはきっと、貸す相手が特別だからじゃないか?」

「特別?」

「友達に本を貸すのが初めてだから、だよ」

なんとなく、思ったこと。

それを晃司は、深く考えずに、言葉に出してみた。

文弥子は目を丸くして。

千里は黙って聞いていた。

「というより、友達を助けたいと思ったことが初めて。なのかもね。文弥子の場合」

「確かに、私には友達がいた経験がないけど……」

晃司は文弥子に言葉を被せる。

「文弥子はいつも本を貸すために人を見ている。本で人の心を明るくできるならば、あの書庫から特別な本を探そう。そう思って、司書台の上でずっと待ってるんじゃないのかな」

「それは、そうだけど」

「でもさ、中西さんの場合は……本を選ぶより先に北町商店街に行くことを決めた」

「あ」

それも、彼女の悩みを聞いてすぐに、だ。

「君はあの時、『なんとかしたい』と言ったんだ。本を貸したい、いい本がある、ではなく、中西さんの悩みをなんとかしてあげたいって」

「確かに……確かにそうだわ。言われてみれば私、いつも貸し本で解決しようとしてたかもしれない。でも有輝ちゃんの時は違う！」

「僕は、まだ一週間しか文弥子と過ごしてないから、文弥子の過去の人間関係なんてわからないけれど、文弥子は少女漫画を『新鮮』と感じたんだろう？　ってことは、中西さんは君にとって特別な一人になってるんじゃないか？　だからプレッシャーを感じるんだ。もっと仲良くなりたい、親しくなりたい……好かれたいと思っているから、絶対に失敗しない物語を提供したくなる」

失敗してはいけない。これを上回るプレッシャーはない。

大事なことほど失敗は許されない。

好きな人に手紙を書く時も。

死ぬほど悩んでいる人に言葉をかける時も。

何をやっても否定しかしなくなった編集者にゴーサインを貰うための物語を書く時も。

「怖がるのって、大事なことだからなんだよね。僕が小説を書けなくなったのも、小説が好きだから。作家を続けたいからって強く思っていたからだし」

「失敗しないためにはどうすればいいの？」

「それがわかったら苦労しないよ」

「そうよね」

そんな都合良く、答えなど見つかるはずもない。

「でも、相手を知ることは、必要だよね」

「知ろうとすることは、悪いことではないのかしら？」

「それは……その人がどこまで許してくれるかじゃないかな。いきなり全部を知ろうとしても嫌がるだろうし」

「難しいわ」

「難しいね」

文弥子が悩んでいる。晃司も、上手いことアドバイスできればいいのだが、晃司自身も人付き合いが得意ではないので、不用意にこうしろとは言えないのだ。

好きな人を理解したいという気持ちは大切だけど、一歩間違えば地雷を踏む。

触れてはいけないものに触れた瞬間、身動きが取れなくなることもある。それを昨日、文弥子が実証したのだから。

「好きな相手にになら、踏み込むのもアリ」

言ったのは千里だった。

「千里……」

「自分を想ってくれている。それさえ伝われば、の話だけど」

「私が、有輝ちゃんを想っていると伝わればいいの？」

「そうだね。上手くできるかどうかは置いとくとして、本気で人の心に触れ合うなら、相応の覚悟が必要だ。その覚悟があれば、たいていのことは乗り切れる。成功に失敗はつきものだなんて言うけれど、失敗が成功だったなんてことも起こり得るのが人間関係さ」

千里はそれだけ言って、また黙ってしまう。開店に向けて、食器を並べたり仕込んだ食材を整理したり、完全に仕事モードだ。もう席には着きそうもない。

「私、もっと有輝ちゃんと仲良くなりたいわ」

その想いが、果たして中西に伝わるか。

また、どう伝えればいいのか。

晃司にも文弥子にもわからない。だが、立ち上がった文弥子の手に、本はない。

「有輝ちゃんに会いたい」

話がしたいのだろう。木村《きむら》サヤカの本を貸した時、連絡先は書いてもらっているので、電話番号と住所は知っている。だが、それを使ってどうこうするのは、あまり良くないことだ。店に来るのを待つのがベストだ。

「でも、今日はバイトで、お店に来られないって言ってたわ」

「ああ、そういえば言ってたっけ。よく覚えているな」

「逆に、私たちが行くのはどうかしら？」

「行くって、中西さんのバイト先に？」

「そう。夜になっちゃうけど、晩ご飯の時間だしちょうどいいと思って」

「行ったところで、そんなに話せないと思うけど？」

「それでもいいのよ。いつも有輝ちゃんに来てもらってるんだもの。今度は私たちが有輝ちゃんの職場で、食事させてもらう。お仕事の邪魔しちゃいけないってことぐらい、私だってわかってるわ」

中西の働くメイプルの営業時間は夜の十時まで。イストワールの営業が終わってからでも、閉店作業を千里に任せればなんとかデザートまで食べられそうな時間だ。

「いい？　千里」

「いいよ。お客が少なければ、早めに上がっても構わない」

「ありがとう」

新しいことに挑戦する時は、いつも失敗がつきまとう。

失敗を重ね、成功に繋げる人もいれば。

一度や二度の失敗で、二度と新たな挑戦などしないと心に決める者もいる。

晃司は、木村サヤカの本を読んで新しいことに挑戦した。そのまま頑張って、プロになって、本も出した。これっぽっちも売れなかったが、晃司は諦めなかった。何度も何度も書いて、企画を変えて、編集者に全否定されて、それでも挑戦をやめなかった。

晃司は、書くことをやめた作家ではない。書けなくなった作家だ。

「借りてた漫画を返すのは、無理かしら？」

「仕事中だもん。受け取れないよ」

失敗を重ねても、挑戦はやめない。そんな晃司が、行き着いたのは——文章を書けなくなるという、取り返しのつかない病だ。

もし、もしもだ。

今まで書庫に隠れて人を信じることも信じてもらうことも知らずに生きてきた者が、初めて外の世界で人の心というどんな書物より難しいものに触れようとして、失敗をしたら。

彼らは何を失うのだろうか。

「晃司くん、聞いてる？」

「あ、ああ」

今から夜が待ちきれない。そう言ってはしゃぐ文弥子に、そんな話を切り出せるほど、晃司は挑戦慣れしていない。

後に大きな失敗が待ち受けているとも知らず、晃司は文弥子の新たな挑戦に手を貸した。

＊　＊　＊

イストワールのある住宅街を抜け、北町から南町《みなみまち》、本町《ほんまち》を繋ぐバス通りに出てから、道なりに十分ほど歩くと、国道との交差点近くにメイプルの看板が見えてくる。

晃司も文弥子も、飲食店の店員ではあるが、大手ファミレスチェーンで働いた経験など一度もない。お客として利用することはあっても、働く側の視点に立ったことはない。

「ちょっと中西さん！　何してるの!?」

ところが、知り合いが働いているとなると、どうしても中の様子が気になってしまうというもの。晃司は入店直後から中西に対する叱責の言葉を耳にして、その空気を肌で感じとった。

飲食業の過酷さを絵に描いたような現場。それが中西の勤めるメイプルだった。

「ドリンカーはもういいから、中西さんはいったん洗い場に下がって！」

「はい……すみません、すみません」

午後八時。晃司と文弥子は二人で、イストワールを早めに上がり中西のバイト先であるメイプルに来ていた。

夜のディナータイム、それもピークど真ん中ということもあり、駅前のファミレスは混雑を極めていた。晃司と文弥子が入店した時にはすでに五組ほどのウエイティングがあり、禁煙席でも喫煙席でも「どちらもで可」にチェックを入れたにもかかわらず、川上《かわかみ》という高校生くらいの若いアルバイトが二人を席へと案内しに来たのは二十分後だった。

店内は客の談笑よりも、ポンポン鳴り響く呼び出しボタンの音と、それに反応する従業員の声、それからパントリー内で飛び交うあれでもないこれでもないというスタッフ間のやりとりで騒がしく、腰を据えて話ができるような状況ではなかった。

「有輝ちゃん、頑張ってるわね」

晃司と文弥子が案内されたのはレジに一番近い位置にある席で、パントリー内で働く店員たちの様子が丸見えだった。

着席してすぐに、フリルスカートが可愛いらしいエプロンドレスを身につけた中西を見かけた。文弥子はそれに興奮して笑顔で中西を見ていたが、晃司はそんな気分にはなれなかった。

なぜなら、中西の仕事ぶりは、自分なら「友達に見られたくない」と思える、失敗の連続だったからである。

「川上さん、さっき中西さんの通した十三番テーブルのオーダー、トマトソースじゃなくてデミソースだそうです。クレーム来ました」

「えっ⁉　あの人すごく怒ってるのに……」

「すみません、すみません」

「いいや、中西さん、この二番テーブルのデミを十三番に持っていって。順番前後するけど仕方ないわ。お客様には自分で謝ってね⁉」

「はい！　本当にすみませんでした」

戦場。そんな言葉がぴったりだった。自分のせいでホールスタッフ全員に迷惑をかけた中西は、今にも泣き出しそうな顔でオムライスを運び、腹を空かせたおばちゃん三名に嫌みっぽく「これだけ待たせておいて」などと小言を言われまた何度も頭を下げた。

これは、まずい時に来てしまったな。と晃司は思った。

「すごく大変そうね」

文弥子はお冷やのグラスを両手で抱えたまま、くるくる働く店員たちに釘づけだ。

「なあ文弥子、あんまりじろじろ見るなよ」

「どうして？」

「中西さんが気づいたら気まずいだろう。いろいろとやらかしてるみたいだし」

ちなみに、この騒ぎなので中西は晃司たちの存在に気づいていない。

「そっか、まだ入って間もないんですものね。こんなに忙しそうなのに、よく頭がパンクしないわね。ここの人たち」

「飲食店って本来こういう仕事なんだよ？」

「そうなの？　私、絶対無理だわ」

「いや、僕も無理だけど」

鳴り響く呼び出し音、荒れくるうキッチン、飛び交う罵声、泣きわめく子供、置き去られた新人。最後のはまさに中西のことだが、晃司ならこんな環境耐えられない。いくら時給が高くても一日で辞めるだろう。

「中西さん、もう休憩行っていいよ！」

パントリーの中で、ホールを仕切っていた川上が中西に怒鳴りつける。

休憩に行かせるというより、退場させる、といったほうがいい言い方だった。

中西は深い溜息を吐いて、洗い場からグラスを一つ取って、休憩用のアイスコーヒーを入れ——ようとしたが体当たりで割り込んできた他のアルバイトにアイスコーヒーのポットを奪われ、やっぱりオレンジジュースにしようとディスペンサーにグラスを置こう——としたけど今度は違う人に「どいて！」と横入りされ、仕方なく水道水をグラスに入れてパントリーから出てきた。

「あれ、アヤコちゃん？　それに晃司さんも」

ここでようやく、中西は晃司たちがメイプルに来ていたという事実を知る。

「有輝ちゃん」

文弥子は笑顔で手を振るが、中西はそれに応えない。

仕事中だから。というのもあるが、それだけじゃない。

と、わかりやすく中西の顔に書いてあった。

「来てたんだ」

「うん。今日は外でご飯を食べようかと思って」

テーブルの下で、文弥子が漫画本に触る。

「ごめん、客席で喋ってるとマズいから、もう休憩行くね」

「あ……」

中西は逃げるように、晃司たちの席から離れていった。文弥子は肩を落として、テーブルの下で掴んでいた漫画本をバッグの中に戻した。

「無理だよ。忙しくて今にも誰か倒れそうだ」

「そう……だよね」

店に入ってこの忙しさを目の当たりにした時、晃司は何となくこうなるんじゃないかとある程度の予想はしていた。文弥子ががっかりするのも、想定内だ。

だが、一つ想定外のことを挙げるとすれば、晃司たちの席がパントリーのすぐ側だったということだ。

これでは、他のアルバイトの目があるから席では話せない。それに、中西がオーダーミスをするところからレッドカードを食らって退場させられる瞬間まで、おまけに休憩用のドリンクさえ取れなかったところまで、その一部始終を見てしまったことだ。中西が逃げるように去っていったのは、きっとそれが大きい。あんな、失敗の総集編みたいな踏んだり蹴ったりな場面を見られたとあっては、いくら新人という言い訳ができても、さすがに恥ずかしいだろうから。

　失敗の連続で丸くなっていた中西の背中が、文弥子と話したあと更に丸くなっているのを見る限り、中西にとっては最悪の二段攻撃だったのだろう。

　文弥子はそんな中西の後ろ姿を黙って見送る。水の入ったグラスはまだ両手に抱えたまま。するとそこへ先ほど中西を怒鳴りつけていた川上という若いアルバイトが、文弥子の頼んだコーヒーフロートとミートソーススパゲティを運んでくる。「失礼します」と目の前にスパゲティが置かれても文弥子は中西の背中を追っていた。下がる川上に晃司が代わりに「どうも」と返す。

　事件は、その一瞬を突いて起きた。

「お客様、ご注文されないようでしたらご退店いただきますよ」

　ホールに出てきた店長が、やや強めに放った一言に、周囲の客が一斉に注目する。

「何かあったのかしら？」

　パントリー付近に固まっていたホールスタッフたちも、休憩室に向かっていた中西も、手を止め足を止め、窓際の四人がけテーブル席のほうを見やった。

　背中を丸めた老女が、ぼんやりと窓の外を眺めている。たった一人で、この騒がしい店内に影響されない独自の雰囲気を保っている。置かれたメニューには手をつけようとせず、長時間何も注文せずに四人席を一人で占領していることを注意しに来た店長の言葉もどこか上の空といったふうに聞き流し、ただ窓の外を見つめうんうんと首を縦に振っているだけだった。

　テーブルの上には、水の入ったグラスが二つ。

　だが、そこにいるのは老女一人だけだ。

「お連れ様はいつ頃いらっしゃいますか?」

「あとで来るわ。あとでね、もう一人来るの」

「長時間お待ちのお客様もいらっしゃいますので、皆様おそろいになってから再度ご案内させていただきたいのですがよろしいですか?」

「もう少しね、もう少しよ」

　この忙しさの中、わざわざ言いに行くということはそれなりに長い時間あの席を陣取っているのだろう。店長の口調も強いので、最初の注意というわけではないようだ。

「では、また十分ほど経ったら参ります」

　店長が下がったあとも、老女は窓の外を眺めたまま同じようなことをくり返し口にした。再び店内がざわつき出し、店員たちが思い出したように手をつけていた仕事を再開すると、老女の存在はピークタイムの音の中に再び影を潜めていく。

「なにか、事情がありそうだな」

「心配ね。付き添いの人はいないのかしら?」

私、ちょっと声かけてみようかな。と、文弥子が腰を浮かしかけたので、晃司は「ここは店に任せないとかえって迷惑になる」と制止した。

その時だった。

「おばあちゃん、誰かと待ち合わせしているの?」

水の入ったグラスを手に持った一人の女性スタッフが、こっそりと老女のもとへ歩み寄り、床に膝をついて、老女に優しく語りかけたのである。

中西だった。

「なかなか来ないねぇ。寂しいねぇ」

「もうすぐ来ると思うのよ。もう少しだけ待つわね」

休憩時間のはずなのに。怒鳴られたばかりで、さっきまで泣き出しそうだったのに。

老女に語りかける中西は、晃司と文弥子には見せたことのない顔をしていた。

優しさと、愛情を孕《はら》んだ笑みを、老女に向けていたのである。

「おばあちゃん、わたし有輝っていうの。お名前、なんていうの?」

「ユウキ?」

「うん。有輝」

「うちの孫はね、カナっていうんだよ」

「そうなんだ。カナさんは、ここにいるようにっておばあちゃんに言ったの？」

「あとから、あとから来ると思うんだけどね。あの子、このお店好きだから」

「でも、来ないねぇ。カナさんは、よく遅刻するの？」

「そんな子じゃないよ。家に来てくれる時は、必ず時間どおりだもの」

「今日は何時に約束しているの？」

「約束はしていないわ」

「それじゃあ見つけられないよ。見て、こんなにたくさん人がいるんだよ？」

　中西は老女の目の前で大きく手を広げて彼女の注意を引きつけると、その手を店の入り口付近に向けた。促され、老女は空席の順番を待つ十数人の客のほうを振り返る。

「ほんとだ。たくさん人がいるね」

「うん。みんな待ってるんだって」

「子供がぐずっているわ」

「お腹すいてるんだよ。ほら、みんなご飯食べに来たから」

　ゆっくり、ゆっくり、中西は時間をかけて老女と話す。

自分の休憩時間を使って、一人きりの老女に、優しく語りかけている。

「いま、ちょうど混んでるからね、席が空くのを、待っている人がいるのよ」

次の瞬間、四人がけのテーブルに一人で座っていた老女は、思いがけない行動に出る。

「あらあら、そうなの。どうぞ、こちらの席を使って」

なんと、老女は立ち上がり、その席をどこうとしたのだ。これには晃司も驚いた。

中西は老女の話し相手になることによって、何も注文することなく居座っていた老女に、席を譲らせたのである。

誰にもできなかったことを、中西はほんの数分でやってのけてしまった。

「おばあちゃん、ご飯はいいの？」

「家に帰って食べるわ」

「一人で帰れる？」

「お散歩コースだから大丈夫。ありがとうね」

中西は老女の手を引いて、一緒に出口のほうへ歩いていく。

客席にいる者も、ウエイティング用のソファや椅子で順番を待つ者も、誰一人として彼女らを見送らない。気づかない。中西の勇姿と、老女の自然な退店の様子は、ピークタイムの喧噪《けんそう》に紛れて、そして消えた。

「カナがよくここに来てるって聞いて、日曜だからきっといると思ったんだけど、いなかったみたいね」

「残念だね。またお家に来た時に、カナさんと二人で来てね」

「そうするわ。ユウキちゃん、ありがとうね。ありがとう」

　店のドアを開け、制服姿のまま道路まで見送りに行った中西は、老女が交差点の赤信号でちゃんと立ち止まり、青になったら横断歩道を渡り切れるかどうかを確かめたあと、ようやく店内に戻ってきた。

「晃司くん、私、すごいものを見てしまったわ」

　文弥子が言った。

「さっきまでこのお店でいろんな人に頭を下げていた子が、誰もできなかったことをいとも簡単にやり遂げてしまった。対応に入っていた店長にも、この結末は描けなかった」

「文弥子なら、同じようにできたか？」

「わからない。でも、これだけは言えるわ」

　文弥子の手元にあるコーヒーフロートのアイスが溶け出して、ゴブレットグラスの中で白と黒とが混ざり合う。

「あのおばあちゃんと上手く話せたとしても……きっと私は、あんなふうに笑えない」

誰にも誉められず、認められず、貴重な休憩時間を割いてまで勇気ある行動に出た中西。彼女をそうさせたのは、待っている客を席に通そうという責任感か、それともお年寄りと接することに慣れているからか。

誰もいない席に置かれたグラスを見て、放っておけなくなったのか。

「中西さん」

今度こそ休憩に入ろうとしていた中西をパントリーから呼ぶ声がした。

店長である。

「さっきの人、中西さんの知り合いなの？」

「いえ、違います」

「でも、あの人を席に案内したの中西さんだよね」

ぴくり。動いたのは、文弥子の眉。

「困るよ。最初に案内した時に気づいてくれないと」

「すみません」

「普通は話した感じでわかるでしょう？」

「すみません」

中西はひたすら謝罪の言葉をくり返すだけで、店長の顔を見ようとはしない。「すみません」には気持ちが入っていない。

「もっと接客頑張ってもらわないと、独り立ちはさせられないからね」

捨て台詞《ぜりふ》のように店長が言ったその時だった。

「ちょっと待ってください」

恐れていたことがついに起きてしまった。

今度は、文弥子である。

「お客様？」

「あ、いえその……」

立ち上がったのはいいものの、今のは完全に感情的になったがゆえの行動だ。北町商店街で書店の店長に話しかけた時のように、「作戦」も「シナリオ」もない。

だが、文弥子は再び席に着こうとしなかった。

「ちょっと、言い過ぎ、だと思います」

大勢の注目を浴びる中、その視線に気づき動揺しながらも、文弥子は退かなかった。

「私、あのおばあちゃんが店を出るまでの一部始終を見ていましたけど、その……彼女の接客は素晴らしかったと思います」

「申し訳ありません。お客様にも、不快な思いをさせてしまいまして」

店長はマニュアルで対応してくる。取り繕《つくろ》った彼の顔を見て、文弥子はきゅっと唇を噛《か》んだ。文弥子は店長の目を見られず、少し視線を落としていたが、店長のその素っ気ない喋り口調に不満を抱いたのか、急に顔を上げ、店長の目をしっかり見て言った。

「私が、何を不快に思ったのか、あなたは理解しているのですか？」

「は？」

徐々に強まっていく文弥子の口調。そして、意見するつもりなどなかったのに立ち上がってしまったことの後悔よりも、中西に対する想いが先行する。

スイッチの入った文弥子は、淀みない声で、相手に伝えた。

「その店員さんがおばあちゃんの接客をしたことも、あのおばあちゃんがずっと席にいて注文をしなかったことも、私が不快になる要素ではないはずです。適当なことを言って私の意見を無視しないでください」

「お客様、申し訳ありません。私の配慮が至らず……」

「ですから、何に対して配慮が至らなかったのかをきちんと伝えてもらえますか？」

「お、おい文弥子……」

「私が思わず意見してしまったのは、あなたの行動に対してです。それを無視するのはどうかと思います。素晴らしい対応だったじゃないですか。あなたができなかったことを、彼女はできた。そこを評価せずに、なぜ決めつけで叱るのですか？」

若い女性客と店長が立ち並び、口論に発展。店内の注目は、再び一カ所に集まった。

「お客様のご意見は、従業員一同しっかりと話し合い……」

「そんなマニュアルを聞きたくてわざわざ立ち上がったのではないわ」

「文弥子！」

店長の言葉を遮《さえぎ》り、パントリーまで踏み込もうとする文弥子。そんな彼女の腕を掴んで、晃司は何とか事態を収拾しようとする。さすがにまずいと思ったのか、店長も慌てた様子でこちらに駆けよってくる。この騒動により、店内に鳴り渡っていた呼び出しのコール音は一時的に止んだ。

「その店員さんは頑張っていました。休憩中なのに、その時間を割いて」

中西のことを友人だと明かさないのは、彼女の立場を考慮してのことだ。

「きちんと、相手を見てください！」

「文弥子やめろって！」

限界だ。そう判断した晃司はさっきより強めに、文弥子の両肩を掴んだ。言葉は丁寧だが、文弥子にしては珍しく感情的になっている。相手が飲食店の店長でなかったらケンカになっているところだ。

文弥子の、店長に対する苦言は、やがて通常業務中の中西への当たり方にまで発展した。ミスに対する指摘が厳しいだの、パントリー内で客に聞こえるほどの叱責をするのは可哀想だの、中西を擁護する内容へと徐々に変化していく。

本人はそう思っていないようだが、内容が真実であれ「責めて」いる時点でもはやクレーマーだ。見返りを求めているわけでもないのに、思ったことを口にする文弥子はなかなかに手強かった。

いったいどうしてしまったというのだ。

イストワールでは絶対にこんなことあり得ない。客層がいいとか、文弥子はあまり接客しないとか、そういう話ではない。

文弥子がここまで怒るということが、あり得ないのだ。

「文弥子、もういいだろ？　ちゃんと話は聞いてくれたし」

「でも……でもあんまりだわ……」

「文弥子？」

垂れ下がった前髪を払いのけた時、晃司は文弥子の顔を見た。

体を震わせて、拳《こぶし》を握りしめて。

下唇を強く噛み、瞳を潤ませて、わき上がる何かを必死に堪えているのだ。

「文弥子、大丈夫だから」

「晃司くんは、なんとも思わないの？」

今にも泣き出しそうな文弥子を見て、胸が痛い。

自分のことはどんなにバカにされても、こんな顔しなかったのに。

「思うよ。思う。帰ったらそれについて話そう。だから」

晃司ではこの状態の文弥子を止められない。

何か手はないか、力尽くでもなんでも、文弥子を黙らせないと店中の人間が文弥子ではなく中西に興味を持ってしまう。それに、中西はここのアルバイトだ。晃司や文弥子が帰ったあと、何を言われるかわかったものではない。

晃司が、そう頭を悩ませていた時だった。

「アヤコちゃん、もういいから！」

店長と文弥子の間に割って入り、晃司の手をはねのけて正面から文弥子に摑みかかったのは——中西だった。

「お願い……もうこれ以上はやめて……わたしなら大丈夫だから……」

「有輝ちゃん……」

「中西さん、お知り合い？」

「そうです……わたしの友達です……すみません……すみません店長……」

文弥子の細い両腕を掴んだ手は力なく、するすると下へ滑り落ちていく。

膝こそついてはいないが、遠目には中西が文弥子にすがりついているように見える。

目には、涙をたたえている。

「お願い……もうやめて」

中西のこの「もうやめて」は、どんな言葉よりも強力だった。

中西の本気の言葉は、本気の文弥子を強制的に黙らせたのである。

「……」

それ以上は何も言わず、顔を上げようともしない中西を見た文弥子は「ごめんなさい」とだけ力なく呟《つぶや》き、大人しく席に着いた。中西は最後にもう一度だけ店長に「すみません」と言って、手で顔を覆ったままパントリーの奥に消えていく。

老女の時のように、すぐに店内が元の状態に戻れば良かった。店員は仕事に戻り、客は食事や歓談に戻り、隣の席の話し声すら聞こえないほどの賑やかなファミレスに戻れば良かった。

だが、いつまでもその場を動かないスタッフ、顔を上げようとしない文弥子、それを見て声を潜めながらこちらのことを話し出すメイプルの客たち。

それらは文弥子をどんどん追い詰めた。

自分以上に追い詰められたであろう「友達」のことを思うあまり、文弥子は無言でスパゲティを食べた。

どろどろに溶けたコーヒーフロートのアイスを必死に掬《すく》おうとしてスプーンを動かす様子を――晃司は直視できなかった。

会計は、晃司が済ませた。


「私って、本当にバカだ」

メイプルを出て、バス停を二つ通り過ぎた頃、ようやく文弥子が言葉を発した。

「どうしてあんなことしたんだろう。ちょっと考えればわかることなのに」

遠くでごろごろと唸《うな》る雷雲が、二人の足取りをいっそう重くした。バスを使っても、イストワールにはすぐには帰れない。最も早く家に辿り着く方法は、バス通りを抜け住宅街に入りひたすら歩くことだった。

車のヘッドライトが二人を打ち抜いていく。陽の光を絶たれて温もりを失った春風は、薄着で出てきた文弥子の体から体温を奪っていく。

「こうなるから、感情って出さないようにしているのに」

「みんなそうだよ」

「子供じゃないんだから、人前でセーブできなきゃダメなのよ」

「できない時だってある。文弥子は、中西さんを想ってああ言ったんだろう？」

「そうだけど……きっと伝わってはいないわ」

晃司はこれを否定することができなかった。

伝わったかどうかなんて、本人にしかわからないことだし、晃司には、あの時中西が文弥子の想いを受け取ったようには見えなかったから。

「ねえ晃司くん」

「うん？」

「私、嫌われちゃったかな」

「……わからない」

隣で、鼻をすする音がした。

「わからないけど、嫌われないように自分の気持ちに嘘《うそ》をついても、想いは伝わらないと思うな」

「嘘？」

「うん。ほら、小説は、度合いによるけど、まあ大体は嘘を書くだろう？　ドラマも漫画も嘘。人を楽しませたり満足させるには全て真実を書くのは無理なんだよ」

「そうね」

「でも、それだと本当の自分を好きになってもらえない。本当の自分を隠して築いた関係って、自分ではない別の何かによって繋ぎ留められているんじゃないのかな。もしそうなら、その何かがなくなった時に二人の関係も終わってしまう。僕で言えば、小説がそうだ」

「編集者さんとの関係？」

「うん。僕は、木山晃司としてではなく、木山アキとしてその人と接していたんだから」

企画を通すために、何にでも頷いて。

彼女が言ったものを書いて。

「結局のところ、編集者の顔色をうかがって小説を書いてたんだ。それで最後に、本当の自分を出した。そしたら相手にもされなかった」

「本当の自分……さっきのあれが本当の園川文弥子だとしたら、最悪ね」

司書としてではなく、二十歳の女性として。ということが言いたいのだろう。

「人に好かれるためにはどんな自分を演じればいいんだろう」

一万人に好かれるには、人に好かれる要素をまんべんなく取り込んで演じればいい。

千人に好かれるには「優しさ」や「愛情」は外せない。

百人に好かれるには「明るさ」、それから「勇気」があれば何とかなるだろう。

「たった一人に好かれる主人公を書くのは、百万人に好かれる主人公を書くより難しい」

「主人公？」

「うん。この世界にその人はたった一人しかいない。子供の頃、お母さんがよく言ってた」

「一人に好かれる主人公……か」

「相手側にとっては、一人の『好きな人』よ」

住宅街に入り、街灯も、自動販売機の明かりもない場所で、晃司は何か強い光が自分の中に入り込むのを感じた。

作家になって、書けなくなって、編集者とも話せなくなって、一人で家にこもって、いつの間にか晃司の目を覆っていた何か。それが取り払われたような感覚だ。

「晃司くんは、私を好き？」

「ああ、好きだよ」

「今の私も？」

「もちろん」

「司書としてではなく、園川文弥子として？」

「うん。僕が知っている園川文弥子は、君だけだから」

「ありがとう」

文弥子の声が、だんだんと上ずっていく。

歩みを止め、晃司の一歩後ろで、文弥子は俯いた。

「でも……有輝ちゃんには……好かれなかったわ……っ」

晃司は振り返り、文弥子の頭をそっと撫でた。

そのまま、彼女の軽い体を、自分の胸に引き寄せた。

「きっと私のことめんどくさいって思った……っ」

「誰がそんなこと言ったんだよ」

「みんなよ。昔からそうだったの……私は……いつも一人だった」

鼻をすすりながら思いを吐き出す文弥子を受け止めながら、晃司は察する。

文弥子をここまで臆病にさせている、「誰か」の存在を。

「中学の時も、高校の時も、みんな私を避けてた。男の子は話しかけてくれたけど、女の子はみんな私を無視するようになって、その子たちと仲のいい男の子はもう私に話しかけなくなった」

「言いたくないなら言わなくていいよ」

「ごめんね……本当にごめんね？　こんな話、晃司くんに言ったところでまためんどくさいって思われるだけなのに……」

「そんなことない。文弥子が言いたいなら、言ってほしい」

晃司の腕の中で震える文弥子は、ついに泣き出してしまった。

「昨日の山下《やました》くんみたいに、話しかけてくれる男の子はいたの。中にはお手紙をくれる人や、遊びに誘ってくれる人もいて……私は、よくわからなかったけど、やっぱり誰かに好かれるのって嬉しいから、男の子と仲良くしたの。女の子は、女の子は私とちっとも仲良くしてくれなかったから」

「自分が必要とされてるって思うと、誰でも嬉しくなるさ」

「そしたら周りの女の子が……私のこと……陰で、ひっ……ひどいこと言うのよ……そういうの私ほんとダメで、気がついたらまた自分じゃない誰かを演じてて……」

ああ、なるほど。

この子は、司書の仕事のために自分を隠していたんじゃない。

誰かの話を聞くためでも。

誰かの心に触れるためでもない。

ただただ、自分の心を守るために、本当の自分を隠していたんだ。

作り話の中の誰かになることで、現実世界の自分から逃げていたんだ。

「ねえ文弥子……さっき、中西さんがさ」

文弥子を抱きしめながら、晃司は優しく語りかける。文弥子の柔らかな感触と、熱い息が、晃司の体を温める。

「中西さんが店長に、『私の友達です』って言ったの覚えてる？」

「……っ」

晃司の胸に顔を埋めていた文弥子が、涙でぐちゃぐちゃになった顔を晃司に見せる。

何のことはない。書庫の外に不慣れな少女が、掴みかけた幸せに戸惑っているだけ。

園川文弥子は、そんな顔をしていた。

「きっと中西さんも嬉しかったはずだよ。自分のために立ち上がってくれる人なんて、そうそういないから」

「晃司くん……」

「思えば、君は僕のことも庇《かば》ってくれたよね。大池さんに感情的なこと言っちゃって、それを上手く助けてくれた」

晃司も、文弥子のそんなところが好きだ。

だから中西も、きっと同じように、文弥子のことが好きだ。

「大丈夫だよ。大丈夫。面倒だなんて思われてない」

「うん」

「少なくとも僕は、君と一緒にいられて楽しいよ」

「うん。ありがとう」

文弥子は涙を指で拭い、深く息を吸った。

吐いた息は短く、自分を奮い立たせるように。

文弥子は再び晃司を見上げる。

「晃司くん」

文弥子の手が、晃司の手に触れた。小さな手だ。指の一本一本が細くて、温かくて、そこから鼓動が伝わってきそうなほど、ぴったりとくっついた文弥子の手。

この手をどうすればいいのかなんてわかってはいるが、何も言わない文弥子に動揺を隠せない。

だが、いま晃司の目の前にいる文弥子は、いつもの文弥子で、本当の文弥子で、ためこんだ気持ちを涙と一緒に吐き出した、綺麗な文弥子だ。

晃司はそっと、文弥子の手を握る。

すると、文弥子も握り返してくる。

肩を寄せ、晃司が一歩を踏み出すのを待っている。

イストワールまではあと五分も歩けば辿り着く。その間、何を話そうか。今までと違う話を、これからの話を、したことのない話をするべきなのか。晃司があれこれ考えていると、十歩も歩かないうちに文弥子が静かに口を開いた。

「私、晃司くんのこと、好きだよ」

不器用かもしれない。綺麗な言葉にはならないかもしれない。

でも、二人とも、手探りで進んでいるのだ。完璧な物語なんて、作れるわけがない。

晃司は文弥子の手を握り、文弥子も晃司の手を握っている。昨日とは帰る方向は逆だが、帰る場所は同じだ。本に囲まれたあの不思議な喫茶店。イストワールが、二人の帰る場所。

違うのは、二人の距離だ。


「文弥子？」

イストワールに辿り着き、客席で本を読んで待っていてくれた千里に「ただいま」と告げるなり、文弥子が倒れた。

「文弥子、おいどうした文弥子？」

晃司が呼んでも、言葉は返ってこない。意識はあるようだが、喋るだけの力が入らないようである。千里も慌てて駆け寄り、文弥子の額に手を当てる。

「熱があるね……晃司、二階まで運んで」

「わかりました」

文弥子の体を抱きかかえ、晃司は二階への階段を上った。千里は手際よく氷枕を用意し、晃司のすぐ後ろを追ってきた。すぐ取り出せる場所に氷枕があったのと、千里が妙に冷静だったのはなぜだろうか。

ベッドに寝かせると、文弥子はすぐにすーすーと寝息を立てて眠り始めた。昨日慣れない人混みに揉まれたことと、疲れているのに満足な睡眠を取っていないこと、それから、精神的なものもあるだろう。と千里が部屋の外で教えてくれた。

「降ってきたね」

文弥子が倒れたのを合図にするかのように、突然激しい雨が降り始め、遠くで唸っていた雷雲が本気を見せる。

どこで息を潜めていたのか、都会にしては空が広いこの住宅街に、風が吹き荒れ、木造の園川家を軋《きし》ませ、揺らし、震わせる。

「なんだよ……静かに寝かせてやれよ」

晃司は言いようのない感情を、どこの誰にでもない誰かに、こっそりとぶつけた。

晃司は一人イストワールの客席に座り、何をするでもなくただ茫然と、降り始めた強い雨の音に耳を傾けていた。

本を読む気にも、眠る気にもなれなかった。

「あ」

ふと、司書台のほうに目をやると、床にキャラクターものの紙袋が落ちている。

文弥子が持っていた漫画本だ。

「バッグから落ちちゃったんだ」

重い腰を上げ、司書台とあの白いワンピースの女性の絵との間に落ちている漫画本を拾い上げる。

いっそこの漫画でも読んでみようか。そう思い、晃司が紙袋の中から少女漫画を取り出して、パラパラとページを捲《めく》ると——

ゴトンッ！

——背後で何か物音がした。

「な、なんだ？」

物音は、晃司の背後、司書台の向かい――絵画のほうから聞こえた。

「あれ、なんだこれ……」

晃司が見つけたのは、絵画の真下に落ちていた原稿用紙の束だった。

「なんでこんな所に原稿用紙が?」

晃司はその原稿用紙の束を手に取る。そこまで分厚くはない。五十枚ほどだろうか。B5サイズの小さな原稿用紙は、文弥子が司書台の引き出しから取り出したものと同じサイズだが、色合いからしてかなりの年月が経っている。紙色は黄ばみ、水濡れがあり、そのせいでところどころインクが滲《にじ》んでいる。

原稿用紙の一枚目には、『あなたの為に書かれた、世界でたった一つの物語』と書かれている。

これは、手書きの小説だ。

晃司はその『あなたの為に書かれた、世界でたった一つの物語』を、立ったまま最後まで読んだ。

白いワンピースの女性に、見守られるようにして。

「これは……」

読み始めてすぐ、この物語の作者が誰なのかわかった。

そして、この物語における「あなた」が誰なのかも。

作者の強い想いが、この原稿用紙には込められている。

こんな物語が、イストワールにあったなんて。

涙が止まらなかった。

本を読んで泣いたのは久しぶりだ。これほど涙を流したのは、初めてだろう。

「文弥子」

晃司は原稿用紙をひとまず司書台の引き出しに仕舞い、二階への階段を上がる。

「文弥子」

気づけば文弥子の名を呼んでいた。


あなたの為に書かれた、世界でたった一つの物語。


この物語は、絶対に繋げる。

晃司はもう、書けない作家などではなかった。

あなたの為に書かれた、世界でたった一つの物語

夢の中で、晃司《こうじ》くんが文弥子《あやこ》を呼んでいる。ドアの向こうで、「文弥子、入るよ」って。

文弥子は地下書庫でお母さんと二人、画用紙に絵と文字でお話を作っていた。ノックもなしに入ってきた晃司くんは、「楽しそうだなぁ」と笑う。

晃司くんは、「美弥子《みやこ》さん、僕も交ぜてもらえますか？」と言った。お母さんは「どうぞ、楽しいお話にしてね」と、笑顔でクレヨンを渡す。

やった。今日は晃司くんと二人で本を作るぞ。文弥子は白紙にペンを走らせる。

でも、すぐにお母さんが文弥子の手からペンを奪ってしまった。

「お母さん、私が晃司くんと一緒にお話作るんだよ？」

「いいじゃない。ちょっとだけ」

「ずるいよ。私まだ晃司くんとお話作ったことないのに」

「あなたはこれからたくさんできるじゃない。お母さんはね、この本を書いたらもう晃司くんと一緒に遊べないのよ」

「どうして？」

「お母さんは、もうすぐペンを持てなくなるの。お話を書けなくなるのよ」

「なんで？　そんなのやだよ」

「お母さんも嫌よ。でも、大丈夫。代わりに晃司くんが書いてくれる。それに、お母さんはずっとこの書庫にいるわ。あなたの物語を、ずっと見ているから」

お母さんと晃司くんは文弥子に背を向けて、夢中になって本を作っている。

しばらくして、お母さんは文字を書くのをやめた。

画用紙の上にペンを置いて、文弥子のほうを振り返る。

「アヤ、愛しているわ」

お母さんは文弥子を強く抱きしめた。

「あなたは、あなたにしか書けない物語を。あなたにしか歩めない人生を」

文弥子はお母さんに抱きしめられながら、クレヨンを手に黙々と絵を描いている晃司くんの背中を見ていた。

やがて晃司くんはクレヨンを置き、絵を描くのをやめた。

そしてこちらを振り返り、文弥子に優しく微笑《ほほえ》みかける。

晃司くんは、お母さんが落としたペンを拾い、一人でお話の続きを書き始めた。

＊　＊　＊

「文弥子、大丈夫か？」

「晃司くん……」

熱にうなされる文弥子が心配で、晃司は思わず文弥子に声をかけた。起きないと思っていたが、文弥子がすんなり晃司の名を呼んだので、一瞬面喰らう。

「まだ熱が下がらないな」

「あつい……」

「ちょっと待って。いま氷枕替えてくる」

晃司は氷枕を引き抜くため、文弥子の頭を持ち上げようと、そこに触れた。なめらかな文弥子の頭部は、ずいぶんと小さく、軽い。

「行かないで」

文弥子は晃司の手を取り、

「側にいて」

その手を頰に擦り当てた。そして、晃司の手を自分の胸元に引き寄せ、抱きしめる。大切なものを全身で愛《め》でるように。

文弥子の体温が、頰から、胸から伝わってくる。しっとり汗ばんだ柔肌が、晃司の胸を高鳴らせる。

「どうして来たの?」

「文弥子と話がしたくて」

「なにそれ、晃司くんにはそういう台詞《せりふ》、似合わないよ」

ベッドの上で、文弥子が力なく笑う。

まだ熱はあるようだが、この二、三時間でもう話せるようになったみたいだ。

「さっきね、お母さんの夢を見たの」

さっき。というのは、晃司があの小説を読んでいた時だ。

だから、文弥子が自ら「お母さん」と口にした時は、さすがに目頭が熱くなった。

「お母さんがね、私と一緒に本を作ってるの」

「本を作る？」

「うん。小さい頃よくやってたんだけど、私が絵を描いて、お母さんがその絵から物語を考えて、絵本のようなものを作ってた。たまにお母さんが絵を描くこともあったけどね」

「イストワールの母娘ならでは、だね」

「うん。でね、夢の中で、お母さんが落としたペンを、晃司くんが拾って書くの」

「僕が？」

「そう。お母さんはもうすぐ書けなくなるから、晃司くんに書いてもらうの。そうお母さんが私に言ったわ」

文弥子の顔が、涙で霞《かす》んでよく見えない。

晃司は慌てて涙を拭ったが、文弥子はそれについて言及しない。

「お母さんはね、プロの作家になりたかったのよ」

「プロ？」

「うん。イストワールでも書いてたけど、それよりもっと前に、本気でプロを目指していたんだって」

文弥子は何を思ったか体を起こし、ベッドの外に足を下ろした。晃司は慌てて止めるが、文弥子は「病気じゃないんだから、平気よ」と再び横になることを拒否する。

晃司は文弥子の体を支えるために、文弥子の隣に腰掛ける。すると文弥子は遠慮なく、晃司に体を預けてきた。

「結果はどうだったんだ？」

「ダメだった。何度かいいところまで行ったらしいんだけど、デビューはできなかったんだって」

「そうか……」

「当時、おじいちゃんが文芸誌の編集者だということもあって、選外出版という話はいくつか来たらしいけど……お母さんは断固としてそれを断ったの」

「……わかるよ」

「うん。晃司くんならそう言ってくれるだろうから話した」

あまり知られていない事実であるが、新人賞を受賞した作家とそうでない作家の扱いは全く違う。

受賞作家の場合、賞を与えた出版社側に作家の世話をする義務のようなものが発生する。受賞作を出版し、それが売れれば次は作家の書きたいものを書けることが多い。

だが晃司のような受賞経験のない作家が「書きたいもの」を世に送り出すには、デビュー作でいきなり強烈なヒットを飛ばすほかない。できなければ——終わりだ。

コネや選外でデビューしても、「書きたいもの」を評価されることは少ないのだ。

「本当に違うんだよ。受賞作家と、僕みたいなおまけで拾い上げられた作家とじゃ」

自分と同期の受賞作家が、「次はこんな話を書いて当てたい」と編集者に話し、それが企画会議で通ってしまう実状を見ていられなかった。

自分はこんなに苦しんでいるのに。絶対に面白いと思ったのに。

最後まで読めば感動するのに。読解すれば大きなメッセージが込められているのに。

書店への流通に問題がある。帯に、棚の広さに、宣伝に問題がある。

つまりは担当編集者が悪い。

そんな不満は売れないプロ作家の誰もが抱くであろう。

だが、晃司の場合、それだけでは済まないという事情があった。

「僕だって……こんなことになるならプロにならなかったさ」

「聞きたいな。晃司くんの話」

「うちのじいさんから聞いてないのか?」

「ううん……実は、俊明《としあき》さんから殆《ほとん》ど何も聞かされてないの。晃司くんのこと」

「そうだったのか……」

晃司がプロになって、本を出して、経験したこと。書けなくなった理由。

その事実を祖父以外の誰かに話したことは、今までに一度もない。

だが、文弥子には聞いてほしい。不思議と、そんな自分がいたことに驚いた。

「僕は……企画を盗まれたんだ」

文弥子もそれだけで理解したようだ。自分からは何も、晃司には訊かなかった。

「僕が新人賞に応募した作品は世に出せない。でも違う企画を考えて、ヒットを狙おう。編集者にそう言われた。僕は頑張って新しい原稿を書いた」

「うん」

「ところが、その編集者が……僕の応募原稿を元にプロットを組み直して、自分が担当している受賞作家に書かせた」

「その作品はどうなったの？」

「異例の大ヒットになった」

「うそ……」

「文弥子はその本を、持ってる。僕の目の前で買ったじゃないか」

晃司が言うと、文弥子は声を震わせて――

「まさか……『さよならするための恋芝居』……？」

――その作品タイトルを口にした。

晃司は黙って頷《うなず》く。歯を食いしばって頷く。何度も頷く。頭を縦に振る。その度に、さっきとは違う涙がこぼれそうになる。

「別にいいんだ……書いたのは僕じゃない」

「うん」

「金が欲しくて作家になったわけでもない」

「うん」

「でも……」

自然と声が震える。大丈夫だよ。と文弥子が優しく微笑みかける。

「あれは……あの話は、僕が考えた話だ……ッ」

「うん、うん」

文弥子の手が、晃司の頭を撫でる。

よしよし、と。

バカにされている感じはしなかった。晃司はみっともなく、文弥子の腕の中、小さな子供のように頭を撫でられ、背中を叩かれ、今までずっと我慢していたものをぶちまけた。

こんな細くて、弱くて、臆病な女の子に——力いっぱい抱きしめられて。

「商業って、本当に大変よね。晃司くんみたいな事情の人はあまりいないけど、違う理由で書けなくなった作家さんはいっぱいいるのよ」

「書けなくなった作家？」

「イストワールの貸し本の一部は、プロ作家が名前を変えて書いたもの。彼らはみな、一度は商業出版の壁に突き当たって筆が止まった経験があるの。木村《きむら》サヤカもその一人」

晃司はずいぶんと長いこと、木村サヤカのファンだ。デビューから今に至るまで、彼女の著作は全部読んでいるし、刊行のペースも大凡《おおよそ》把握している。木村サヤカはメディアに顔も出していることからコンスタントに作品を発表する作家の一人だ。そんな彼女が、書けなくなったことがあるのに驚いた。

「イストワールの作家で筆が止まらなかったのはお母さんだけ。でもそれは、お母さんがプロじゃなかったっていうのもある」

「プレッシャーや、責任がなかったから？」

「それも大きいと思うわ。でも、重要なのはそこじゃない。お母さんは、一人の読者のために物語を書き続けた」

「一人のため……貸し本か」

「そう。貸し本は、お母さんの執筆スタイルからヒントを得て始めた後付のシステムよ。商売のためとか、作家をやる気にさせるとか、そういうのは一切抜きに、お母さんは昔から一人のために小説を書いてたんだって」

「誰のために？」

「お父さんのため」

　文弥子の中に、別の誰かが見える。

「それから、お母さん自身のため」

　晃司に語りかけるのは、文弥子だ。だがその言葉を生み出しているのは、文弥子という人間を作った別の何かだ。

「私のため、千里《せんり》のため、おじいちゃんのため、お客さんのため、お母さんはいつも対象を一人に絞った。私はお母さんの書く手紙のような物語が大好きだった」

「でも、それだと本当に一人にしか理解してもらえない本になるんじゃないか?」

「そんなことないわ。一万人に同じような感動を与えるのは難しいことだと思うけど、十人の読者に共感を与えることはできる。人は、自分と似ている誰かに共感して、好きになって、一緒になるんだって。お母さんが言ってた」

共感。他人の感情や主張を、同じように感じたり、理解したりすること。

晃司と文弥子。

文弥子と中西《なかにし》。

近くにいる者同士は、どこかで共感している。

「本を書くのと、人と接するのは違うけど、人を好きになることって重要なのね。私のお母さんは、みんなから好かれていたけど、まず自分からみんなのことを好きになった。そのへんが、お母さんと私の力の差ね。私は、お母さんみたいに心の底から万人を愛せない」

時計の針は午前一時半を指していた。雨風はまだ止まず、相変わらずイストワールを叩きつけている。文弥子の部屋は少し肌寒かったが、暖房をつけるほどでもないし、文弥子が暑がっているので特に問題はないと判断した。

文弥子が晃司にくっついているのは、寒いからでも、暑いからでもないのだから。

「有輝《ゆうき》ちゃん……また来てくれるかな」

伏し目がちに、文弥子が言った。

「私のせいで、バイト先で立場悪くしちゃったでしょう?」

「だから、それは大丈夫だって。また来てくれるよ」

「そうよね。来てくれるわよね」

でも、もしこのまま有輝ちゃんが来なかったら謝りに行かなきゃ。と独り言のように呟く文弥子は、まだメイプルでのことを引きずっているようだった。

「ねえ晃司くん、晃司くんに、読んでほしい貸し本があるの」

「僕に?」

「うん。実はその本、有輝ちゃんにも読んでもらおうかと思っているんだけど、貸し出そうかどうかまだ踏ん切りがつかないのよ。その本ね、私が一番大切にしている本だから」

晃司は、その本が何のことだか知っている。

「そのことなんだけどさ」

「なぁに?」

「実は僕も、中西さんに読んでほしい本を見つけたところなんだよ」

「すごく嬉しい。なんていう本?」

晃司は肩にもたれかかる文弥子に向き直り、その作品タイトルを口にする。

「タイトルは、『あなたの為に書かれた、世界でたった一つの物語』」

「……っ」

瞬間、文弥子が顔を両手で覆った。

「作者名は……園川《そのかわ》美弥子」

その名を告げると、文弥子はついに泣き出した。

「君のお母さんが書いた本だろう?」

文弥子は首を縦に振る。

さっきの晃司と同じように、何度も、何度も頷いて。

たった数秒の沈黙にも耐えられなくなって。

晃司の胸に顔を埋めて、泣いた。

「どうしてその本を知ってるの……っ?」

「白いワンピースを着た女の人がね、貸してくれたんだ」

「それ、お母さんのお化けよ」

「お化けじゃないよ。絵の中から出てこなかったから」

あの本――『あなたの為に書かれた、世界でたった一つの物語』は、文弥子の母親が書いた小説だったのだ。

「あれを、中西さんにも読んでもらおう」

「うん」

「それで中西さんの恋愛の悩みが解決されるわけじゃないけど」

「うん」

「きっと、文弥子のことを好きになってもらえる。イストワールを好きになってもらえる。そうなれば、今度こそ文弥子の声が中西さんに届いて、貸し本がなくても、文弥子が彼女の支えになってあげられる」

そうだ。

何も、貸し本で人の心を動かさなくちゃいけないわけじゃない。

相手が一人なら、大切な人なら、自分の言葉で動かせばいい。

「晃司くん、貸し出しノートは読んだの？」

「貸し出しノート？」

そういえば、大池《おおいけ》が本を返却しに来た際、貸し出しノートに記帳をしてもらう、と文弥子が言っていた。わざわざ地下書庫まで取りに行って、大池に書かせていた。

「あれはね、裏メニューを読んだ人が、次に利用する人に向けて、またその本を書いた作者に向けて書く感想ノートなの」

「そんな仕組みがあったのか」

「読んだ作品名と、作者名、それから、できるだけいい感想を。というノートなんだ。次に裏メニューを利用した人が、前の人からのメッセージを読む。そうして、全ての読者と本と、作者が繫がるのよ」

「じゃあ、もし僕が書いたら、次に読むのは中西さん？」

「そういうことね」

上手く言葉にできるかどうかはわからないけど——ぜひ書きたい。

読者と、本と、作者が繫がる。

残念ながら、『あなたの為に書かれた、世界でたった一つの物語』の感想は、作者の園川美弥子には届かないけど。

晃司は、イストワールという物語に、新たな人物を加えたい。

「書くよ」

文弥子の手を取り、晃司は言った。

「そのノートの場所を教えて。今すぐ書く」

「でも、晃司くんは文章が書けないんじゃ……」

「書ける。園川美弥子が、僕に力を貸してくれる」

この物語を途切れさせてはいけない。

文弥子のためにも。

晃司のためにも。

中西のためにも。

千里のためにも。

園川美弥子――文弥子の母親のためにも。

「貸し出しノートは、地下書庫の司書台の中にあるの」

「わかった。鍵を貸して」

「ダメ。私も行く」

「行くって、ダメだよ寝てなきゃ」

「大丈夫だよ。ここにいるより、お母さんの側にいたほうが、つらくない」

何を言っても譲らない。文弥子はそんな目をしていた。

文弥子は何でも受け入れるように見えて、実は我《が》が強い。自分の信念は曲げないし、本気になったらテコでも動かない。こういう人間、どこかで見たことある。

他の誰でもない――晃司だ。

自分と似ているんだ。だから共感できるんだ。

だから、こんなにも短い時間で、彼女を好きになった。

「わかったよ。司書様の監督がなきゃな」

「ありがとう」

晃司はベッドから立ち上がり、文弥子に手を差し伸べる。文弥子はその手を取り、自《みず》ら《か》の足で床に立つ。だがすぐにふらついて、晃司の腕の中にすっぽりと収まった。軽い貧血を起こしているようだ。

「やっぱり無理なんじゃないか?」

「おぶって」

「え?」

「晃司くん、おんぶして」

もちろん、こんな華奢《きやしや》な女の子一人くらい背負うのは簡単だ。しかし、さすがに躊躇《ため》らうというか、対応に困るというか、単純に恥ずかしい。

「はい、しゃがんで」

悩んでる間に、文弥子は晃司の後ろから首に手を回す。仕方がない。晃司はその場にしゃがみこみ、文弥子をおんぶした。

柔らかい感触が、晃司の全身を包む。

ゆっくりと階段を下り、カーテンをくぐり、イストワールのカウンターへ。

「重い？」

「全然、軽いよ」

額縁の中から、白いワンピースの女性が、晃司と文弥子を見ている。司書台の裏を通り過ぎ、晃司は地下書庫への扉の前に立つ。鍵は文弥子が持っている。晃司の背中でもぞもぞと、文弥子が体を動かして、鍵を取り出した。

「いつも身につけてるんだな」

「うん。お守りみたいなものだから」

ドアを開け、危なっかしく手を伸ばし、明かりを点ける。微弱な橙色《だいだい》の光が、地下へ続く階段を示す。ゆっくりと、慎重に、階段を軋《きし》ませながら晃司は地下へ降りていく。

明かりの下で、晃司は文弥子をソファに寝かせ、文弥子の指示に従って司書台の引き出しを漁る。

すると、革の表紙のノートが出てきた。

「ちょうど、最後のページだったのよ。そのノートの最後を飾るのは晃司くんよ」

「何か、書くものは？」

「引き出しの奥のほうに、白い万年筆があるわ」

晃司は引き出しの更に奥へ手を伸ばし、小箱に入った万年筆を取る。蓋《ふた》を開けると、銀色のペン軸に若い作家の顔が映し出される。万年筆はよく手入れされており、何度か試し書きをするだけですぐ使えるようになった。

貸し出しノートの最後のページに、晃司が物語の感想を書き綴《つづ》る。

筆先は軽かった。しばらく文章なんて書いてないのに、すらすらと言葉が出てくる。

「今なら、書けそうだ」

「書けたんじゃないの？」

「いや、感想文じゃなくて……小説を」

「もう、また直木賞クラスの小説に挑むの？」

「そんなんじゃないよ」

晃司は思い立ち、文弥子を残して地下書庫の階段を駆け上がる。そして振り返り、

「文弥子、君の引き出しを……開けてもいいか？」

と、ソファの上で横になる文弥子に問うた。

「いいよ」

文弥子がそう言った。

「晃司くんなら、いいよ」

文弥子の言葉を受け、晃司は地下書庫をいったん出る。そして、イストワールの司書台の引き出しを開け、中からあの原稿用紙を取り出し、再び文弥子のもとへ戻る。

「今から、僕は君のために小説を書くよ」

「私のため？」

「上手く書けるかどうかはわからない。でも、見ていてほしいんだ。僕が、書くところを」

「わかった。見てる」

園川美弥子が、「あなた」に託したもの。それは、物語の続きだ。

いま、文弥子の隣にいるのは晃司だ。晃司がこの物語の続きを書くことで、また新たな「あなた」への想いが、小説の中によみがえる。

この物語を通じて、得たもの。文弥子と出会って感じたこと。

手先が震えた。言葉は出てきている。溢れ出ている。だが、手が動かない。

晃司は目を閉じる。

すると、誰かが晃司の右手に、そっと手を添えてくれた。

その手の温もりは、我が子を包む母親のようだった。

雨も風も寄せつけない、イストワールの秘密の地下書庫で、晃司は文弥子のために、想いを、言葉を綴った。

B5の原稿用紙に、新たな筆跡が刻まれる。

「書けた……」

「お疲れさま」

「文弥子、僕……書けたよ」

「うん。最後まで、ちゃんと見てたよ」

「今、読んでくれないか?」

「もちろん。ちゃんと読むわ」

数枚の原稿用紙を文弥子に手渡して、晃司も文弥子の隣に腰掛ける。話しかけようとしたが、すでにページを捲《めく》っている文弥子の横顔を見て、晃司は言葉を飲み込んだ。文弥子の横顔は、とても綺麗だ。きっと想いは伝わっている。誰かのために書くなんて、今までしたことなかったけれど、案外いいものが書けるのだと、晃司は学んだ。

この物語を書いたのは、晃司の技術でも知識でもなく、心だ。

晃司は、作家として再出発をした。形はどうであれ、一つの物語を書いたことに変わりはないのだから。

「読んだ」

「どうだった？」

晃司は感想を求めたが、文弥子は無言だった。

「文弥子？」

「晃司くん……」

一度だけ顔を上げ、潤んだ瞳を晃司に見せた文弥子は、そのまま晃司の体に抱きついた。寄りかかったのでも、胸に顔を埋めたのでもない。

晃司の背中に腕を回し、何も言わずに晃司を抱きしめたのだ。

貸し本喫茶イストワールの裏メニュー。秘密の地下書庫に隠された、作家の想い。それを貸し出して、世界に一つだけの物語を生む。

専属の司書がその人にぴったりの本を貸し出し、物語に共感してもらい、心の隙間を埋める。それ自体、晃司は何の否定もしない。素晴らしいと思う。自分もいつか、文弥子に本を選んでほしいとさえ思っている。

だが、やはり人の心を救うのは、人の心なんじゃないかな、とも晃司は思うのだ。

誰かのことを想うあまり、悩んで、苦しんで。

手を差し伸べることも、差し出された手を取ることも、どちらもできない。人間の不器用なところって、そういう部分なのだ。だから上手くいかない。だから恐れてしまう。臆病な心は心を開くことも、心に迫ることもできなくなっていく。

それを救うのが、共感なんだと、晃司は文弥子から学んだ。

文弥子のおかげで、大切なことを思い出した。

晃司は、本を、物語を——愛している。


「アヤコちゃん！」


そして、最後の登場人物——文弥子が待ち焦がれていた相手はやってきた。

「アヤコちゃん、具合、大丈夫なの？」

書庫の扉の前に、中西が立っていた。雨と風に打たれて、ひどい格好だ。

「有輝ちゃん……どうしてここに？」

「千里《せんり》さんがタクシーで迎えに来てくれたの。アヤコちゃんが寝込んだって聞いて、何も持たずに出てきちゃった」

「そんな……そんなことでわざわざ……」

「そんなことじゃないよ！」

どうして連絡してくれなかったの？　と、中西は文弥子に言った。体調を崩したことを教えてくれれば、看病にだって来たのに、と。

文弥子は下唇を前歯で噛んで、への字に曲がったみっともない口を隠すために顔を手で覆い、頭を垂れる。

「わたし、今日一日、ずっとアヤコちゃんのこと考えてた」

その言葉が、文弥子にとどめを刺した。

顔を上げた瞬間、文弥子の涙が、したたり落ちる。

「わたし、バイト先にアヤコちゃんが来てくれて、嬉しかったよ」

「そんな……私……」

「あと、店長に文句言ってくれて、嬉しかった。わたしのこと本気で想ってくれてるんだって、伝わった……わたし、アヤコちゃんが帰ったあと、ずっと泣いてた。バイトがつらくてじゃない。アヤコちゃんが言ってくれたことを思い出して、嬉しくて、それで」

人って不思議だ。

どうして、欲しいものを言わなくても、わかるんだろう。

十万字の中から、たった一言選んで。

それを相手に伝える。難しいことなのに、彼女たちにはそれができる。

「アヤコちゃんはわたしのために言ってくれたのに、わたしは自分が恥ずかしいあまりあんなことを言って……」

「私のほうこそ、勝手に舞い上がって、有輝ちゃんの気持ちを考えなかった。晃司くんにも止められて、いけないことだってちゃんとわかってたのに、自分本意な考えで有輝ちゃんに負担を掛けた」

「負担だなんて！　友達をそんなふうに思うわけないじゃない！」

中西は階段を駆け下り、文弥子の体に飛びついた。晃司は文弥子のすぐ側で、友達と抱き合って泣きじゃくる文弥子を見つめていた。

「私たち、友達なの？」

「違うの？」

「ううん……ただ、私その……っ……そういうのわかんなくて」

文弥子は不器用で。

臆病で。

優しい。

「私、今まで友達いたことないから……ほんとうにわかんなくて……っ」

自分のことよりも、相手のことばかり気にして、二人の距離感どころか自分の位置さえもわからなくなってしまう。だからまた怖くなってしまう。

でも今は違うよ。文弥子。

君の隣には、二人の友達がいる。

「私バカだから、一つのことに夢中になるとそのことしか考えられなくなっちゃって、有輝ちゃんの力になりたいって……そう思ったら舞い上がって……自分が頼られてるって思ったから、もっともっと近づきたいって……」

「嬉しいよ。アヤコちゃんがそう思ってくれたなんて」

中西の小さな体が、文弥子を抱きしめる。文弥子の言葉と涙が混ざり合って、何を言っているか正確には聞き取れない。

でも、中西にはきっと伝わっている。

文弥子がどれだけ中西のことを好きになったかが。

「わたしこそ、自分のことばかり考えてた」

「有輝ちゃんは、そんなことないよ」

「ううん。アヤコちゃんにも晃司さんにも、すごく失礼なことをしてたの。聞いてくれる？」

いつも明るく元気な中西が、神妙な面持ちで文弥子と晃司を見る。文弥子は涙を拭って、

「聞かせて」と中西の肩に手を添える。

「わたし、アヤコちゃんに嘘《うそ》をついていたの」

「嘘？」

中西は、その事実をとうとう打ち明ける。

「彼氏がいるっていうのは……嘘なの」

「えっ？」

これには、晃司も思わず声を上げた。

彼氏がいる、というのが嘘？

「とっくに別れていたの。それを、彼氏だって嘘ついて、相談した」

「有輝ちゃん……」

「聞いて。聞いてアヤコちゃん」

「うん……聞くよ。最後まで聞く」

「バイトだって本当は、勝手に辞めたの。何の連絡も入れないで、逃げ出した」

「どうして？　って訊いてもいい？」

「もちろん。気分悪くさせるかもしれないけど、それでもいい？」

「いいよ」

中西は声を震わせて、

「わたし、あのお店の女の人たちから良く思われてなくて……ずっと一人だったの」

つらい事実を打ち明けた。

「大丈夫。それ……私もよくわかる」

「アヤコちゃん……」

中西の話によると、北町《きたまち》商店街のブックメディアでバイトをしている時、いい雰囲気だった男性がいたらしい。その男性は、女性スタッフから人気のある社員で、ブックメディアの店内ではその男性を巡って静かな戦いが繰り広げられていたのだとか。

中西は、彼を好きだった。だが、一人、また一人と、彼を好きだ、狙っている、そんな発言をする女性がいるのを見て、身を引いた。

「でも、ある時彼に、付き合わないかって言われたの。わたしは即オッケーした」

誰にも言わないことを条件に。と、中西は言った。

「でも、職場の女の子たちにそれがバレちゃって、あることないこと店長に告げ口されたの。彼も店長と仲良かったし、社員という立場もあったから……別れようって」

つまり、中西が最も恐れていたことが起きてしまった。というわけだ。

「うちにはお金もないし、お母さんにもバイトを辞めたこと言えなくて、それでけっこうため込んじゃってたんだよね。そんな時、イストワールを見かけて……」

「中西さん、木村サヤカの本を彼に勧められたというのは？」

「それは本当です。『さよならするための恋芝居』を読むぐらいなら、こっちを読めって」

「そっか。ちょっと安心したよ」

晃司が『書庫隠れの民』を貸したことは無駄ではなかった。

中西と彼を繋ぐ、大切な一冊になったのだから。

「隠し事をしてたのに友達だなんて、都合のいいことを言っちゃってるのはわかってる。でも、わたしはアヤコちゃんが好きなの。仕事ができて、美人で、かっこよくて。だからメイプルに来てくれた時、本当は飛び上がるほど嬉しかったんだよ」

それなのに、上手くできなくて。と、中西も涙を流した。

そんな友達の涙を見て、文弥子も大事なことに気づいたようだ。

「私もね、有輝ちゃんに言ってなかったことがあるの。言えないんじゃなくて、わざと言ってなかったことが」

晃司には、文弥子の言う「言えないこと」と「言わないこと」の違いがわかる。

嘘ではないが、打ち明けていないこと。

「あなたに隠してたことがあるの。だから、お互い様」

「隠してたこと？」

「ええ。有輝ちゃんに関係していることなのに、私の判断で勝手にやってしまったこと」

文弥子は晃司の目を見やり、「言うよ」と小さく口を動かした。

晃司は頷いた。迷いなく。「うん」と。

「私と晃司くんね、北町商店街に行ったの。有輝ちゃんの働いていたお店に行って、店長さんと話したんだ」

「えっ？　ブックメディアに？」

「うん。あ、もちろん有輝ちゃんの名前は出していないし、本を買っただけだし、他愛もない話しかしてないけど」

「どうして？」

「恋愛の話をすれば、店長さんがどんな気持ちでいるか、男の人の関係が見えると思ったのよ。勝手なことだってわかっていたけど、私、じっとしていられなくて」

勇気を出して、文弥子はその事実を打ち明ける。中西は、そんな文弥子の勇気を受け止める。自分への想いを受け止める。

「店長に婚約者がいるって聞いてね。これで有輝ちゃんの心配事が一つ減ったって、浮かれちゃって。いてもたってもいられなくって」

「そうだったんだ。わたしのために……ありがとう」

文弥子の想いは、中西へちゃんと伝わったのだ。

「私も、有輝ちゃんと同じ経験をしたことがあるから、つい、ね」

「アヤコちゃん……」

「だから、わかるの。有輝ちゃんの気持ち。他人事とは思えなくて」

今度は、文弥子が「言えなかったこと」を口にする。

「私、中学の時、男の子関係で女子に嫌われちゃってね……学校、ほとんど行ってなかったんだ」

「アヤコちゃん……」

「あ、大丈夫。これは晃司くんも知ってる。大切な人には、知ってほしい。だから二人にはちゃんと話す」

「そうだったんだ。わたし実は、アヤコちゃんみたいな綺麗で優しい人が、わたしの気持ちなんかわかるのかなって、ちょっと思っちゃったんだよね。彼の話をした時」

「わかるよ。全部じゃないけど、その痛み、私にもわかる」

なんて悲しいのだろう。

なんて寂しいのだろう。

そして、なんて美しいのだろう。

晃司はまさに、二人の主人公がそれぞれの物語の中で「共感」する瞬間に遭遇したのだ。

「そうだ有輝ちゃん、あなたに、ぜひ読んでほしい本があるの」

いよいよ、文弥子の仕事が始まる。

イストワールの裏メニュー、司書の文弥子が選ぶ、究極の一冊。

「晃司くん、あれを」

「ああ」

司書補の晃司が、地下書庫の階段を上がり、扉を開け、文弥子の引き出しの中から、原稿用紙の束を取り出して持ってくる。

中西はそれを受け取って、ぱらぱらとページを捲る。手書きの原稿ということに驚いているようだ。

「あのね有輝ちゃん。イストワールの貸し本には、『裏メニュー』があるの」

「裏メニュー？」

「そう。司書の私が、この人に読んでほしいと思う一冊を選び、貸し出す。この地下書庫の中からたった一冊。あなたの心に届けたい、世界でたった一つの物語を」

「そんなのがあったんだ。それで、わたしにはこの本を？」

「うん。今回は、私と、司書補の晃司くんが一緒に選んだ」

文弥子は晃司に微笑みかけ、「ね？」と首を傾げる。

こういうの卑怯だ。晃司は顔を赤らめて、文弥子から目を逸らす。

「これは、とても大切な本なの。私の、命の次に大切な本」

「そんなの、借りられないよ。今日は雨も降ってるし」

「だから、今日中に読んでちょうだい」

「え？　今日中って……」

「今夜は、うちに泊まっていって。二階の部屋は、あと一つだけ空いてるから」

「い、いいの？」

「うん。有輝ちゃんが嫌じゃなければ」

「嫌なんかじゃないよ。ありがとう」

中西はもう一度だけ文弥子の体を抱きしめて、強く強く抱きしめて、「わたし、アヤコちゃんと友達になれて良かった」と言った。文弥子も顔をほころばせて、「私も、有輝ちゃんとお友達になれて良かった」と言った。

彼女には、あの本のどこが響くだろう。

文弥子が選んだ物語の、何に共感するのだろう。

その答えは、明日の朝になればわかるだろう。

だから今夜は、ゆっくり眠ろう。

そして夢を見よう。

「今夜は、たくさんお話ししましょう」

「うん」

「晃司くんも、ありがとう」

「どういたしまして」

「二人とも、大好き」

月曜日が終わり、新たな物語が始まる。

新たな仲間を迎えたイストワールの地下書庫に、作者の想いが「ありがとう」と告げた。

さて。ドラマティックな恋をして、私と総司《そうじ》くんは晴れて夫婦になったわけだけど。

美男美女、そして作家と編集者という素敵なカップルには、二つほど問題があったの。

一つは、生まれてきた娘が、私の想像を超える人見知りだったこと。

一つは、思っていた以上に私の体が弱かったこと。

たぶん、アヤが大人になるまで、私はここにいられないなぁ。

自分の夢はほとんど叶ってしまったけど、お父さんの夢も、総司くんの夢も、千里ちゃんの夢も、ぜんぶ私がぶち壊してしまいそう。玲花《れいか》は平気。むしろ干されてしまえ。

もしかしたら、あなたの夢も、私のせいで台無しになってしまうかもしれない。

だからこうして若干盛り気味な恋物語を書いてみたのだけれど、あなたが恋を知る前にこの本を読んでしまう可能性がある。いや、別にいいんだけどね、大事なのは私と総司くんのノロケ話じゃなくて、この部分だから。

私の大切な、あなたへ。

あなたがこれを読んでいる今、きっとあなたは泣いているでしょう。

あなたは私を愛してくれた。私は、あなたと一緒に過ごしたことが何よりの幸せでした。

あなたの初恋の人を見てみたい。

あなたの成人式に、最高の着物を贈りたい。

あなたが、いつか私のように司書台に座る姿を見てみたい。

あなたが、本で人を幸せにして、心で人を救うような、立派な司書になったところを見てみたい。

苦しいことも、悲しいことも、たくさん。この世界、本には書いてないことだらけで、逃げ出したくなるようなことばかりです。

でも、逃げてください。

戦わなくていいです。つらいと思ったら、その時点であなたに勝ち目はありません。

勝たなくていいです。戦いに勝とうとすれば、あなたの持っている優しさが濁《にご》ります。

私は逃げ続けた。逃げ続けて、幸せになった。

本って、そういうためにあるもの。そんなふうに考える人だっています。私がそうです。

本にできることは、本に頼んでしまえばいい。

でも、いつか必ず、あなたが自分の力で、物語を書きたいと思う時が来ます。

その時は、私が手伝うから。

ぜひ、思うように書いてください。

あなたの好きな人のことを、好きなものを、好きなように書いて。

それで受け入れられなかったら、仕方がないのです。あなたの心を偽ったところで、あなたという人間は好きになってもらえない。

私はいつでもここにいます。

この、イストワールがなくならない限り、私はここに存在する。

あなたは今、私の膝の上で可愛い顔をして寝ています。

ふだんはむすっとしてるのに、寝ている時だけは、笑うのよね。

きっと、いい夢を見ているんだわ。その夢を、あなたの物語にしてみたらいい。

あなたの物語は、あなたにしか、書けないのだから。


あらら、もう原稿用紙が残ってないわ。相変わらずまとめるのが下手で情けない。

書きたいことはもうないので、最後の一枚は……いつか、私の大切な人の隣でこれを読んでくれるであろう、大切なあなたへ。

うちの娘はとても不器用です。イラっとすることがあっても、それは許してあげてください。

うちの娘はとても臆病です。何かに怯《おび》えていたら、一緒に怯えてあげてください。

甘えん坊ですが、気遣いができる子です。自分のことよりも、自分が大切に思う人のことを優先させてしまいます。だから、小説家には向いていません。でもきっといい編集者になってくれます。父親に似たのでしょう。

だからあの子は、自分一人では物語を書けません。

どうか、手伝ってあげてください。


こういうの、書いてみたかったのよね。

「続きは、君に任せた」

悩んだり、困ったり、知りたいことがあったら、地下書庫に来てください。私が化けて出ます。

娘を泣かせてもいいけど、怒らせてもいいけど……一人にだけはしないであげて。

一人にしたら、あなたがイストワールから出ていっても、化けて出てやるんだから。

了の字は打ちません。新しい原稿用紙が司書台の中に入っているので、それを使ってあなたが書いてください。


あなたの為に書かれた、世界でたった一つの物語を。

園川　美弥子

昨日とは打って変わって、空は晴れ上がり、四月らしい陽気となった。窓から差し込む光に、晃司は目を細める。

「晃司くん、おはよう」

ポットにお湯を入れ、四人分のパンを卵液に浸しているところに、すっかり元気になった文弥子が音程のズレた歌を口ずさみながら降りてきた。随分と御機嫌だ。

まあ仕方ない。昨日の今日だ。

あのあと、さんざん泣きはらした文弥子は中西と熱い抱擁《ほうよう》を交わし、おまけに一緒に風呂まで入り（風邪じゃないからお風呂に入っても平気と言い張ってきかなかった）、部屋が空いているとか言いながら結局は文弥子の部屋のベッドで一緒に眠るという何とも楽しそうなお泊まり会へと発展した。寝込んでいたことなど晃司も千里も忘れてしまうほど、文弥子はパワーに満ちあふれ、このまま営業を再開して司書台に乗っけるのが不安になってしまうとさえ思えた。

「アヤコちゃん、晃司さん、おはようございます」

「有輝ちゃん、おはよう！」

「おはよう」

真新しい制服を着た中西が、カウンターと階段の間にあるカーテンに身を隠しながら晃司と文弥子に声をかけた。

「あの、千里さんのサイズだとちょっとぶかぶかなんだけど……」

「いいよ！　似合ってるすごく！　ぶかぶかなのが逆に可愛いっ」

「そ、そうかな？」

中西は、今日でメイプルのバイトを辞めた。さすがに二店連続で急な退職は気がひけるとのことで、今入れているシフト分は出勤すると電話で言ったらしいが、店長がもう来なくていいと返してきたので、その言葉どおり、今日付で退職したとか。

その代わりというわけではないが、中西はイストワールで働くことになった。ウエイトレスと、カウンター内での千里のサポートということで、ポジション的には千里と晃司の橋渡し役。これで、司書補の晃司があっちこっち走り回る回数は格段に減るだろう。

司書補として、もう少し司書の側にいてやれるようになる。

そんな晃司の思いは、まだ誰にも言っていないが。

「あの、晃司さん」

「うん？」

卵液に浸したパンをボウルから取り上げていると、中西がカウンター内に入ってきた。

なにやら改めて言うことがあるようだが、あいにくこの状況では手が離せない。仕方なく、晃司は卵液でびちゃびちゃになったパンを両手に持ったまま、中西を見る。

「読みました」

「えっ？」

「晃司さんの感想文です。貸し出しノートに書いてありましたよね」

「ああ、久しぶりに書いたから、いろいろと日本語おかしいと思うけど」

「いいえ。わたし、感動しました。それで……わたしにも何かできないかなって思って」

言葉に詰まりながらマイペースに話す中西。思ったより話が長そうなので手が疲れてきた。っていけない。せっかく彼女が心を開いてくれたのだから、ちゃんとしないと。

「あの、わたし……こ、晃司さんに、お、お手紙書いたんです！」

「えっ？」

つるっ。驚きのあまり、晃司はボウルの中へパンを落とした。顔面に浅黄《うすき》色の液体が飛んでくる。

「あはは、晃司くん動揺してる」

「う、うるさいな！」

「すみません、わたし、拭きますね」

「いや、いいから。それよりも手を洗わせて」

すみません、すみませんと何度も謝る中西に引きつった笑みを見せ、流しで軽く手を洗う。水気を取り、どこからか可愛い便せんを取り出して両手に持つ中西に、その手を差し出した。

「わたし、こういうの書くの初めてで、ちゃんと書けてるかどうかわからないですけど」

「いえ、僕も女の人から手紙なんてもらったことないし……」

「晃司くん、なに鼻の下伸ばしてるの？　言っておくけどラブレターとかじゃないからね」

「わかってるよそんなこと！」

大きなハート型のシールでとまっていたので正直「もしや」と思ってしまったが、違うようだった。

便せんには、「木山《きやま》アキ先生へ」と書いてある。

「これ、僕のペンネームじゃないか」

確か、中西は晃司のペンネームを知らないはずだ。イストワールに来た最初の日、訊かれたが晃司は答えなかった。

「開けてみたら？　木山センセイ？」

「なんで君はそんな面白くなさそうなんだよ」

「別に。いいわねセンセイは、小柄でオシャレで可愛らしい女の子のファンがいて」

カウンターに両肘《ひじ》をついて、口を尖《とが》らせる文弥子に、「ダメだよそんなこと言っちゃ」と中西が小声でフォローする。なんで小声なのか知らないが、まあ女子同士、昨晩いろいろと話し合って通じるものがあるのだろう。晃司の入れる世界ではない。

晃司は便せんを開け、中から手紙を取り出す。

「これ……」

そこには。

晃司のデビュー作の、感想が書かれていた。

応援メッセージの最後に、「中西有輝」と書いてある。

晃司も見るのは初めてだが、これは――。

「ファンレターだって」

――読者からの、ファンレターだ。内容からして、きちんと作品を読み込んでいる。これはいったい、どういうことだ。混乱はしているが、嫌じゃない。これは、素直に喜んでいいところだ。誰からも否定されていないし、晃司が意図して書いた台詞や、読者に伝えたいメッセージを隠した比喩表現の描写についてのコメント、それから、一番効いたのは、

『いつかわたしもこんな本を書けるようになりたい』

という一文だった。それを書いた人は目の前にいる中西だ。どんな意図があって書いた

のかは不明だが、そこに悪意はもちろん、作為も感じない。

　胸がいっぱいだ。作家になって、こんな経験初めてだった。

「ごめんね。実は、有輝ちゃんにこっそりと晃司くんの本を貸したの」

「君が？　持っていたのか？」

「発売日に買ってすぐ読んだわ。俊明《としあき》さんから聞かされて、書店に並んだ」

「本当に良かったです。木村サヤカの本も、晃司さんの書いた本も、それぞれ別の面白さがあって良かった。恋愛小説なのに、恋愛っぽくないところがありましたけど」

「それは、僕が恋愛をしたことがないからだよ」

「でも、恋愛小説ではなく、人間というものが如何《いか》に弱くて、脆《もろ》い生き物なのかを現代の世界で描いている。そんな、哲学的な話に思えました。木村サヤカの本よりもわかりやすくて、でも感動する場所は一緒で、すごく好きですわたし。木山アキの本が」

　もうすぐ開店だというのに、相変わらずパンはボウルの中で卵と牛乳とグラニュー糖を吸っている。

　イストワールの場合、たとえお客がいてもお茶を飲んだり食事をしたりは当たり前なので、別に問題はない。

　だが、問題があるとすれば、晃司の顔だ。

「晃司くん、人前に出られる顔じゃないわ。顔を洗ってきて」

「うん」

司書の命令により、司書補はバックヤードへ引き返す。

水道の蛇口はカウンターの中にもあるけれど、冷たい水は出るけれど。

二人の顔を見たままじゃ、このヘンテコな顔は、直らない。

「私、泣きながら笑う人って初めて見たわ」

「わたしも」

「ねえ有輝ちゃん、あの本、どうだった？」

「あの本って？」

「私が貸した本」

「ああ、あれね……うん、伝わった」

「そう」

「イストワールが、どんなお店で、どんな想いに包まれているか。ちょっとだけだけど、わかったような気がする。これからもっと、知っていきたい」

「うん。一緒に知っていこうね」

園川文弥子と中西有輝は、それぞれの『たった一つの物語』を胸に抱きつつ、新たなページを捲る。

本あります。

あなたの心にぴったりの、世界でただ一つの本あります。

美味しいコーヒーと、素敵な音楽と、可愛らしい看板娘が、あなたと本を結びつけ、素敵な物語に仕上げます。


「ミス園川！」

「大池さん!?　なに勝手に入ってきてるんですか！」

「仕事が、仕事が決まったよ！　また会社を立ち上げたんだ！」

「それはおめでとうございます。でもお店閉まってるんですから勝手に入ってきちゃダメですよ」

「すまない。一秒でも早くこの想いを伝えたくて」

「想いって……」

「やあコウジ、元気かい？」

「お、おかげさまで」

開店前なのに入ってくる常連。

書けなくなった作家。

運動不足の司書。

執拗に食器を磨くバリスタ。

それから——漢字の苦手なウエイトレス。

時代が変わっても、イストワールの物語は受け継がれています。


「コウジ、少し男らしくなったかい？」

「そ、そんなことないと思いますけど……あの、ちょっと、顔近い」

「晃司くんにはあんまり男らしくなってほしくないので、このままでいいんです。イケボのままがいい」

「晃司さんって、歌お上手なんですか？」

「いや、人生で二回くらいしかカラオケ行ったことない」

「おや、君は最近よく見る子猫ちゃんじゃないか？　どうしてイストワールの制服を着ているんだい？」

「あ、中西有輝と申します。今日からこちらで働かせていただくことになりました」

よろしくお願いします。と頭を下げて、中西は初めての接客をする。

開店前の、午前十時半に。

「じゃあ、君のおすすめの本を、教えてもらおうかな？」

「えっ、本ですか？」

まだコーヒーも出していないのにいきなり本を求めてくる常連に困った新人ウエイトレスは、目をぱちくりさせて文弥子と晃司を行ったり来たり。

さあ仕事だ。司書と司書補は、目配せをして、それぞれの配置についた。

「大池さん、本なら僕が」

晃司は大池をそのままカウンター席に座らせ、サロンから伝票を取り出し、注文を訊く。

イングリッシュブレックファーストとシナモンスコーンで朝食を済ませようとしているこのお客に、晃司は何の本を貸すのだろうか。

司書台に座って、本を読む文弥子と。

どうしたらいいかわからず、とりあえず水の入ったグラスを持ってきた中西と。

三冊ほどの候補に絞り、その本の置いてある場所を文弥子に訊く晃司。

貸し本喫茶イストワールは、珍しく、早めの営業を開始した。

僕は書けない作家です。嫌なことが多すぎて、というか、好きなことが嫌すぎて、小説を書くという何よりも大好きなことが、怖くてできなくなりました。

でもこの本を読んで、肩の力が少し抜けました。

僕には、最近仲良くなった人がいます。それも一人じゃない。何人も、僕が「好き」だと思えるような人と、何の巡り合わせか、出会うことができた。

その人たちと一緒に過ごすうち、人の心ほど複雑で難解なミステリーはないのだと思うようになりました。小説にするのは、難しいです。

この本の、「本にできることは本に頼めばいい」という一文が、僕はとても好きです。

本には無限の可能性があって、自由に世界を、人を書くことが許される。

でも、そんな本にも、「できないことがある」ということです。

それをやれるのが、人間なんだと思います。

人の心を救えるのは、人の心。

言葉とは、人の心が生み出すもの。

『あなたの為に書かれた、世界でたった一つの物語』には、作者の心が詰まっている。

誰かのために書いた本です。たった一人のことを想い、魂ごとぶつけた本。僕にはこんなの書けません。自分の弱みを見せるところで、きっと原稿用紙を投げ捨ててしまいます。

とても、強い人が書いた話だ。僕はそう感じました。

この「私」は、とても弱い人間に描かれています。しかし、「作者」は強い。

この物語の、強い作者に触れて、僕は決心しました。

僕も、一人のために小説を書いてみようと。

この人のために、物語を書きたい。僕は今、そう思っています。

たとえ本が売れなくたって、専門家に酷評されたっていい。僕は、彼女の心にこの物語を届けたいのです。

もしあなたがこの本を読んで、何か一つでも共感することがあったら。あなたは、ごく普通の人間です。

人間とは、心を持つ、不思議な生き物です。

複雑で、難解で、代わりの利かない。「心」を持つ、世界でただ一つの存在。

この店の書庫には、さすがに六十億もの本は、置けないのですから。

読んだ本　あなたの為に書かれた、世界でたった一つの物語
作者名　園川美弥子
　　　　　　　　　　　　　　　　　　　　　木山　晃司

※この作品はフィクションです。実在の人物・団体・事件などにはいっさい関係ありません。

集英社オレンジ文庫をお買い上げいただき、ありがとうございます。
ご意見・ご感想をお待ちしております。

● あて先
〒101-8050　東京都千代田区一ツ橋2-5-10
集英社オレンジ文庫編集部 気付
川添枯美先生

貸し本喫茶イストワール

書けない作家と臆病な司書

集英社
オレンジ文庫

2015年5月25日　第1刷発行

著　者　川添枯美
発行者　鈴木晴彦
発行所　株式会社集英社
〒101-8050東京都千代田区一ツ橋2-5-10
電話【編集部】03-3230-6352
【読者係】03-3230-6080
【販売部】03-3230-6393（書店専用）
印刷所　株式会社美松堂／中央精版印刷株式会社

※定価はカバーに表示してあります

ISBN 978-4-08-680022-8 C0193

コバルト文庫　オレンジ文庫

「ノベル大賞」募集中！

小説の書き手を目指す方を、募集します！
幅広く楽しめるエンターテインメント作品であれば、どんなジャンルでもＯＫ！
恋愛、ファンタジー、コメディ、ミステリ、ホラー、ＳＦ、etc……。
あなたが「面白い！」と思える作品をぶつけてください！
この賞で才能を開花させ、ベストセラー作家の仲間入りを目指してみませんか⁉

大賞入選作

正賞の楯と副賞300万円

準大賞入選作

正賞の楯と副賞100万円

佳作入選作

正賞の楯と副賞50万円

【応募原稿枚数】

400字詰め縦書き原稿100〜400枚。

【しめきり】

毎年1月10日（当日消印有効）

【応募資格】

男女・年齢・プロアマ問わず

【入選発表】

締切後の隔月刊誌『Cobalt』9月号誌上、および8月刊の文庫挟み込みチラシ紙上。入選後は文庫刊行確約!
（その際には、集英社の規定に基づき、印税をお支払いいたします）

【原稿宛先】

〒101-8050　東京都千代田区一ツ橋2-5-10
（株）集英社　コバルト編集部「ノベル大賞」係

※Webからの応募は公式HP（cobalt.shueisha.co.jp　または orangebunko.shueisha.co.jp）をご覧ください。

応募に関する詳しい要項は隔月刊誌Cobalt（偶数月1日発売）をご覧ください。